キャロット
バトン

こまつあやこ

毎日新聞出版

もくじ

キャロットバトン

一章

友《ゆう》真《ま》

一年前の約束

1

どうして、あの日、とび箱をとべてしまったんだろう。

昼休み。がらんとした教室で、ぼくは今日も、心のなかでそうつぶやいていた。

今日は五、六年生が校庭を使える火曜日。昼食後《ちゅうしょくご》の掃除《そうじ》が終わると同時に、みんなは校庭へとダッシュした。

開け放たれた窓《まど》の外では、

「早くしろ！　いい場所取るぞ」

「ドッジボールしようぜ～」

「ちょっと、こっちこないでよー」

「ていうか、オニだれだよ⁉」

「筋《きん》トレする人、鉄棒《てつぼう》に集合！」

声がワキャーワキャーと響《ひび》き合って、空まで届《とど》きそうだ。

このパワーは、六月初めの運動会に向けて、ふくらみ続けるにちがいない。

ぼくは首をぐるりと回す。ぼくの他にもうひとりいる。休み時間も校庭に行かない子が。

教室の後ろのロッカーの上で飼《か》われている、カメのカメマルだ。

「今日もふたりになっちゃったね」

水槽《すいそう》のなかのカメマルに苦笑《にがわら》いを向けてから、ぼくはニンジン色のノートを開いた。

そのとたん、校庭のざわめきは遠くなる。


『森のウサギの徒競走《ときょうそう》』


最初のページには、ちょっと大きめの字でそう書いてある。

えーっと、これは……はずかしいけど、白状《はくじょう》します。ぼくの書いてる童話です。

五年生にもなって童話が好きで、おまけに自分で書いてしまう男子なんて、この学校じゃきっと、ぼく一人っきりだ。

ここ、創体《そうたい》スポーツ大学付属《ふぞく》小学校（略《りゃく》して創スポ小）は、その名の通り、全国でもめずらしい私立《しりつ》体育大学の付属の小学校だ。

グラウンドは広いし、体育館は二つもある。スポーツが学校生活の中心にあって、校訓は「体を動かせ！　心も動かせ！」。

当然《とうぜん》、ここに入学するのは、体を動かすのが好きな子や、得意《とくい》な子たち。両親がオリンピック選手《せんしゅ》だったなんて子もいる。

なんでそんな学校にぼくが入ったかっていうと、キッカケは、ぼくの体とお父さんの思いつきだった。

三歳《さい》でぜん息《そく》と診断《しんだん》されたぼくは、しょっちゅう発作《ほっさ》を起こしていた。夜通《よどお》しせきが止まらなくて幼稚園《ようちえん》を休んだり、肺炎《はいえん》になって入院したりすることだってあった。

入院した回数は、多いときはなんと一年に四回も！「病院っていうか、美容院《びよういん》みたいな回数だったな」っていうのは、お父さんのサムいダジャレだ。

そんな能天気《のうてんき》なお父さんが、ある日パソコンの画面をお母さんに見せたらしい。

「なあ、友真《ゆうま》はこの学校に行ったら、丈夫《じょうぶ》で健康な体に育つんじゃないか？　そんでもって、オリンピック選手になれたりしたら最高じゃないか！」

「やだ、親バカなんだから」

軽くあしらったお母さんは、ぼくが合格《ごうかく》すると思っていなかったにちがいない。

だって、入学するためには運動の試験があるんだ。特別な訓練をしていないぼくが、ぜん息でしょっちゅう寝《ね》こんでいたぼくが、合格するなんて一体だれが想像《そうぞう》できただろう。

それでもまあ、記念受験という感じで受けたんだ。

そして、ぼくは合格した。

今でも信じられない。ぼくは試験会場で、とび箱をとんだ。

〝お受験〟なんて、五歳のぼくはよくわかっちゃいなかったけど、とんだ瞬間《しゅんかん》のことは覚えている。羽《はね》を授《さず》かったように、ポンッと体も心も軽かった。スポーツの神様が一瞬だけ味方した、百パーセントのまぐれ。

でもぼくは今、思っている。

どうして、あの日、とび箱をとべてしまったんだろう。

この学校の五年生になった今、ぼくには最大の悩《なや》みがある。

本当は童話を書いている場合じゃない。今すぐにだって校庭に飛び出して、走る練習をしなくちゃ。

そうでなきゃ、リレーの選手になんて選ばれっこない。

「友《ゆう》くん、リレーの選手になるの⁉」

ちょうど一年前の日曜日、にぎやかなファミレスで啓太《けいた》はテーブルに身を乗り出した。

「まあ、すごいじゃない。真奈子《まなこ》さん」

啓太ママはぼくのお母さんの手を取って、ぎゅっと握《にぎ》った。

「幼稚園のころは、運動会で走るとその晩《ばん》には熱が出て、肺炎になってたあの友くんが……。創スポ小でリレーの選手だなんて、アメリカンドリームみたいね。何だかうるうるしちゃう」

「やだ、亜子《あこ》さん。早とちりしないで。五年生になると、リレーの種目があるっていうだけ。友真が選ばれるってわけじゃないの」

お母さんは眉《まゆ》をくにゃんと下げて笑った。困《こま》ったときのお決まりの表情《ひょうじょう》だ。

うちの学校で、運動会はもちろん一年で最も盛り上がる大イベントだ。小学生とは思えない華麗《かれい》な創作《そうさく》ダンス、ほら貝の音を合図に始まるド迫力《はくりょく》の騎馬戦《きばせん》、なかでも目玉種目なのが、最終プログラムの高学年リレーだ。
五、六年生の各クラス、男女二人ずつの選ばれし走者たちがバトンをつなぐ。
リレーの選手になれば、学校中の有名人だ。下級生からは憧《あこが》れの目で見られる。

「ねーねー、友くんの学校でいつ決まるの？　リレーの選手って」

「来年の今ごろじゃないかな」

「じゃあ、まだまだ先じゃん。がんばれば選ばれるかもしれないじゃん。友くん、リレーの選手になってよ」

「それはむちゃぶりだって、啓太……」

啓太はぼくの幼《おさな》なじみだ。幼なじみといっても、家が隣同士《となりどうし》だったというわけじゃない。隣同士だったのは、家じゃなくてベッド。

啓太とぼくが出会った場所は、病院の小児病棟《しょうにびょうとう》だ。

ぼくが五歳のとき、隣のベッドに入院してきたのが、一つ年下で、同じくぜん息持ちだった啓太だ。

「おうち帰るんだあああ！」

初めての入院で泣きじゃくっていた啓太に、「これあげる」と夕食のデザートのキャロットゼリーを差し出したのが、ぼくらの出会いだった（本当は病院で出される食べものは、他の子にあげられないんだけどね）。

それをきっかけに、ぼくたちはクリーム色のカーテンを越《こ》えて仲良くなった。

お母さんたちの話によると、啓太パパは、整形外科《せいけいげか》のお医者さん。ママは若いころ飛行機のキャビンアテンダントをしていたらしい（ちなみにぼくのお父さんはフツーのサラリーマンだし、お母さんも同じ会社で働いていた)。

そんな親を持つ啓太は、栗色《くりいろ》がかった髪《かみ》と大きな目をしていて、何だかちょっと王子様みたいな雰囲気《ふんいき》だった。

入院初心者の啓太は、いつもぼくの後ろをついてきた。一人っ子同士のぼくたち。弟ができた気がしてうれしかった。

それからの数年間、ぼくたちの入院は何回か重《かさ》なった。

病院の食事のおぼんを一緒《いっしょ》に配膳台《はいぜんだい》にもどしに行ったり、病棟でかくれんぼをして叱《しか》られたり。

入院の期間はいつも約一、二週間だったけど、体調がよくなって退院《たいいん》するまでの数日間は、啓太とのお泊《と》まり会みたいな気分だった。

お母さんのスマホには、今もぼくたち二人の写真が残っている。

病院のベッドで、並《なら》んで紙パックのジュースを飲んでいる写真。

知らない人が見たら、カワイソウに見えるかな?

でも、そんなことない。だって写真のぼくたちは歯を見せて笑ってる。

それぞれの小学校に入学してしばらくすると、おたがいだんだん丈夫になって、今ではもう二人とも入院することはなくなった。

それでも、仲良しの母親同士が連絡《れんらく》を取り合って、年に一度はこうして四人で会っている。

「ねえ、友くん。リレーの選手になってってば。バトン持って走ってる動画、見せて」

啓太はしつこく食い下がる。

え、何でそんなに見たいんだよ……。

「ごめんね、啓ちゃん。友真はあんまり足が速くないから、期待しないで」

お母さんが困り顔《がお》で言ったとき。

ごめんねって……お母さん、何であやまるんだ？

くやしい。ぼくは結《むす》んでいるくちびるに、ギュッと力をこめた。

『友真ごめんね、特殊《とくしゅ》な小学校に入れちゃって』

それまでも、お父さんのいないところで、そうあやまられるのが悲しかった。

できる。ぼくだって、やればできる。あの日、とび箱をとべたみたいに、リレーの選手にだってなれるんだ。

ぼくを、あきらめないで。

勇気をかき集める気持ちで、大きく息をすーっと吸《す》いこんだ。

「ぼく、リレーの選手になるよ」


その宣言《せんげん》から一年。

毎日コツコツと練習をして、タイムが上がった！

と言いたいところだけど、ゲンジツはちがう。

《友くん、今年リレーの選手になって！》

五年生になった今月初め、キッズケータイに啓太からのメッセージが届いたとき、ひゃっと声が出た。

啓太、忘《わす》れてなかったのか……。

夏休みの宿題を思い出した八月終わりの気分になった。

いや、四年生の間も約束《やくそく》をときおり思い出してはいたんだけど、まだいいやと練習を先のばしにしてしまったんだ。

あわてて日曜日にお父さんと公園で特訓をしてみたけど、突然《とつぜん》足が速くなるはずもない。

体育の授業《じゅぎょう》内で行われるリレーの選手の選考会《せんこうかい》まで、あと一週間。

やばい、やばいぞ。

このままだと、リレーの選手どころか、ビリになりそうだ。

そんなとき、教室のランドセル棚《だな》の上に置かれた水槽のカメが目に留《と》まった。

ぼくの五年三組で飼っている、カメマルだ。

起きているのか寝ているのかわからないような動きを見ていると、ぼくはふとイソップ童話の『ウサギとカメ』を思い出した。ぼくのお気に入りの童話の一つだ。

入院していたころ、お見舞《みま》いにきてくれた親やおじいちゃんおばあちゃんに、この童話の絵本を何度も読んでもらったし、字がわからなくても一人で絵を見て楽しんでいた。

「ねえ、カメマル。この学校は、ウサギみたいに足の速い子ばっかりだね」

童話みたいに、かけっこで昼寝をしてくれればいいけど、リレーの選手の選考会で昼寝をする子なんかいない。

この学校には、油断《ゆだん》しないウサギばっかりだ。

でも、もしかしたらウサギたちのなかにも、カメみたいに、というかぼくみたいに、足の遅《おそ》い子がひとりくらいいるのかも。

あっ、とひらめいたのは、そのときだった。

足の遅いウサギが、他のウサギを追《お》い越して一番でゴールする。そんなシーンがぼくの頭のなかに浮《う》かんだ。

こんな童話を書いてみたい！

これまで童話なんて書いたことなかったから、書き方なんてわからない。

でも、やってみたくなったんだ。

ぼくはウサギにちなんで、たまたま家にあったニンジン色の表紙のノートに、童話を書くことにした。

学校でこっそり休み時間に書き始めて、今日で三日目。まだ出だしだけだけど、始まりはこんな感じだ。

『森のウサギの徒競走』

「ああ、こまったなあ」

ウサギのピョンマが、ため息をついていました。

それはなぜって？

もうすぐ、森のウサギの徒競走があるからです。ウサギたちは、ニンジンをしょって走るのです。

ゴールでは、ウサギの王子が待っています。

王子に、ニンジンを一番早くとどけられたウサギが、勝ちなのです。

みんな知っているように、ウサギは昔から足がはやい動物です（ユダンさえしなければ、カメに楽勝だったからね！）。

でも、ピョンマはちがうのです。

「なんで、ぼくだけ足がおそいんだろう」

ピョンマは、周りのウサギに比《くら》べて、足がおそいことをなやんでいました。

ビリでゴールしたときのことを想像すると、おなかがギューッといたくなります。

そのとき、

さて。「そのとき」、どうしようか。

ぼくは目をつぶって天井《てんじょう》をあおぐ。まるで童話作家になったような気分で、アイデアが降《ふ》ってくるのを待っていると、

「うーらのーっ。なんだ、一人で教室にいるのかーっ?」

「ひっ」

バチッと目を開ける。降ってきたのは担任《たんにん》の石田《いしだ》先生の元気すぎる声だった。

「こんないい天気なのにもったいないぞ。みんなと一緒に、校庭でサッカーでもしたらどうだ」

「はいっ、校庭行きます!」

ぼくはあわてて立ち上がった。ズボンのポケットに、筒《つつ》みたいに丸めたノートとシャーペンをつっこんで。

行き先は校庭じゃなく、学校図書館だ。

童話の本がたくさんある、ぼくの好きな場所。

「あ、浦野《うらの》くん。こんにちは」

司書《ししょ》の浜島《はましま》さんがカウンターで迎《むか》えてくれる。その笑顔を見て、まるで芝生《しばふ》に寝転んだように、ぼくはほっとした。石田先生に校庭へ行けと言われたのに、図書館にきたうしろめたさが消えていく。

浜島さんは若《わか》い司書さんで、ぼくが二年生のときにこの学校にきた。先生というより、何だか近所のお姉さんみたいだ。

「よかったら展示《てんじ》コーナーを見て。ちょうど新しくしたところなの」

浜島さんは窓側の展示コーナーを指さす。

展示コーナーのポスターには、大きな文字で「走るの大好き！」。

速く走れるようになるコツの本や、かけっこが出てくる絵本や物語が並んでいる。

「走るの大好き」、かあ……。

そんなふうに「大好き」って思えたら、足も速くなるのかな。

童話を書き始めたとはいえ、リレーの選手になる一パーセントの夢《ゆめ》はまだ捨《す》てたわけじゃない。

ぼくは走るコツの本を一冊《いっさつ》手に取った。丸いテーブル席に座《すわ》ってページをめくる。

すると。

あっ、続きを思いついたぞ。ぼくはポケットにつっこんでいたニンジン色のノートを取り出し、シャーペンを走らせた。

そのとき、

「これを読んだら、どうかしら」

物知りウサギのおねえさんが、一冊の本を持って、ピョンマのところにやってきました。

「本のなかに、足がはやくなるヒントがあるかもしれないよ」

「本当ですか？」

ピョンマが本を開くと、目に飛びこんできたのは……。

【ウサギがはやく走るコツ】
その一、おいしいニンジンをたくさん食べること
その二、耳をパタパタはばたかせること
その三、本番中に昼ねをしないこと

これを読んだピョンマは、おどろいて聞きました。

「こんなカンタンなことでいいの？」

物知りウサギのおねえさんは、にっこり笑いました。

「たくさん食べて、元気を出すことが、一番みたいね」

登場したのは、まるで浜島さんみたいなウサギだ。イメージする物知りウサギの笑顔は、さっきぼくを迎えてくれたあの笑顔とそっくりだ。

「浦野くん、熱心《ねっしん》だね。本の内容《ないよう》をメモしてるの？」

テーブルにノートを広げているのを見て、浜島さんが話しかけてきた。

「へっ？」

やばい、かくさなきゃ！　ぼくはノートをさっと閉《と》じる。

ぼくが童話を書いてるって知ったら、浜島さんはどう思うだろう。

五年生の男子が童話なんて、とか笑うかな。

「えっと……そろそろ五時間目始まっちゃう」

ぼくは本をもとの場所にもどすと、そそくさと学校図書館を出た。

2

それに気づいたのは、自分の部屋で明日の教科書を準備《じゅんび》しようとしたときだった。

「あれ……？　もしかして、ない？」

ニンジン色のノートがない！

ぼくはランドセルをひっくり返す。バサバサと教科書やノートが床《ゆか》に散らばった。

「ない、ない、やっぱりない！」

ラブレターと同じくらい（書いたことないけど）、ぼくにとっては落としたら困る。

ノートに名前は書いていないけど、誰かに読まれたらと想像するだけで、顔をおおいたくなる。

「こんなん書いたやつ、だれだよ」「ぎゃはは、ウサギの徒競走だって」「童話かよ、だっさ！」なんて、回し読みされてしまうかもしれない……。

うわああっ、大ピンチ！

どこでなくしたんだ？

ぼくは今日の記憶《きおく》をたどる。ニンジン色のノートを最後に使ったのは……学校図書館だ。

浜島さんに話しかけられて、あわてて本をもどしたとき、きっとノートをテーブルに置き忘れちゃったんだ。

すぐにでも取りに行きたかったけど、ぼくは電車通学だ。学校まで片道一時間近くかけて通っている。

それにもう夜だ。きっと学校は閉《し》まっている。

「どうした、友真。何が『ない』んだ？」

開けっ放しだったドアの向こうから、お父さんが顔を出す。

「な、何でもないよ」

ぼくは必死にごまかす。

童話を書いているなんて、お父さんには知られたくない。何となく、ガッカリさせてしまいそうで。

「今晩、走る練習するか？　付き合ってやるぞ」

お父さんがなぜか、胸《むね》を張《は》って言う。

「選考会、近いんだろ？　最後まであきらめるなよ」

「ああ、うん……」

無理だよ。ぼくはきっと選ばれないよ。

「何だよ、男だろ。弱気な顔するなよ」

男子だと、弱気な顔しちゃダメなの？

お父さんの言葉に、悪気《わるぎ》はないのはわかってる。

でも……。代わりに童話を書いてるなんて、やっぱり言えない。

だって、男らしくないもん。

それに、うちは裕福《ゆうふく》ってわけじゃないのに、ぼくを学費《がくひ》のかかる創スポに入れたのは、丈夫になって、スポーツが得意になってほしいからだ。

童話を書いてほしいわけじゃない。それくらい、言われなくてもわかってる。

翌日《よくじつ》の昼休み、ぼくはダンベルをくっつけたように重い足で、学校図書館に向かった。

図書館には、忘れものボックスがある。

もしかしたら、ノートはそのなかに入ってるかも。でも、そこに入ってるってことは、きっと、だれかに中身を見られているってことだ。

浜島さんにも、きっと。

ああもう、はずかしすぎるぞ。

ぼくは音を立てないように慎重《しんちょう》に、図書館の扉《とびら》を開けた。

カウンターには浜島さんがいない。

よし。お願いだから、このまま席をはずしててくれ。

ぼくは、カウンターに置いてある、忘れものボックスをのぞきこんだ。

消しゴム、定規《じょうぎ》、制服《せいふく》のボタン、アニメキャラの下敷《したじ》き。いろんなものが入っているけど……。

ニンジン色のノートはない。

「浦野くん、どうしたの？　何か探《さが》してるの？」

「わっ」

後ろから声をかけられ、肩《かた》がはね上がった。

物知りウサギ、じゃなくて浜島さんだ。

「えっと、あの……」

浜島さんはあのノートを見つけましたか、なんて聞けない。

「何でもありません！」

目をそらし、ぼくはギクシャクした動きで図書館の窓側のテーブルに向かう。

ああ、どうか昨日のまま、だれにも見られずに、ノートがありますように。かすかな希望を抱《いだ》いて歩くと……。

「あっ……」

あった。ぼくのニンジン色のノートがあった。

でも、そのとたん、ぼくの背中《せなか》にぶわっと汗《あせ》がふき出した。

だって、それを女の子が開いていたから。

二章

咲《さ》絵《え》

笑顔のセロハンテープ

1

きっと、女の子だよね。

ニンジン色のノートの文字は細くて丸っこい。何より、主人公がウサギだし。

きっと、走るのが苦手な女の子が、自分の気持ちを童話にしたんだ。

でも、この学校にそんな子がいるの？　スポーツの得意な子ばかりのこの環境《かんきょう》で。

もしいるのなら、友達になりたい。もしかしたら、親友にだってなれるかも。

昨日の五時間目、国語の授業で学校図書館にきたとき、このノートを見つけた。テーブルにぽつんと置かれていたから、忘れものだなってすぐわかった。

司書の浜島《はましま》さんに渡《わた》しにいこうって思ったけど、好奇心《こうきしん》のしっぽがちょろっと生《は》えてきて、ついページをめくってしまったんだ。

そこに書いてあったのは、ウサギなのに走るのが苦手な、ピョンマの物語だった。

へえ、おもしろい。

ノートを持って帰って全部読み、わたしはこれを書いた子に会いたくて、今日の昼休みに図書館で待つことにした。

きっとノートを捜《さが》しに、ここにくるはず。

わたしは、ノートを図書館のテーブルに立てて開き、持ち主を待つ。

どんな子だろう?

サトちゃんみたいな子だといいな。

一年生から同じクラスだった門倉紗都美《かどくらさとみ》ちゃんとわたしは、親友だった。

この創スポ小で、サトちゃんとわたしは運動オンチという超少数派《ちょうしょうすうは》。休み時間は、他のみんなが校庭や体育館で遊ぶなか、いつも一緒に、教室でおしゃべりして過《す》ごした。サトちゃんの話っていつもオチがついてたから、わたしはいつもおなかが痛《いた》くなるほど笑っていた。

でも去年、五年生のときに、サトちゃんは公立の小学校に転校してしまった。

「親友の咲絵《さえ》には、転校の本当の理由を教えるね。わたし、嫌《きら》いな体育をもうがんばりたくないいんだ。だから、わたし、この学校をやめる」

サトちゃんは、キッパリとした口調《くちょう》で言った。

「やだよ、サトちゃんがいないと心細いよ」

「じゃあ咲絵もさ、転校しようよ。六年生になったらさ、もっと体育の授業のレベル上がっちゃうよ。わたしみたいに、お母さんに頼《たの》んでみたら？」

「ええっ？　わたしだって体育は苦手だけど……」

だけど、転校生になる勇気がない。

友達はできるかな。うまくなじめるかな。それを思うと、ここにとどまるほうがまだマシな気がした。

親友のサトちゃんがいなくなるのはさびしいけど、ふつうに話せる友達はいるし……。

転校への不安が、十段《じゅうだん》のとび箱のように立ちふさがって、わたしはサトちゃんみたいにその向こう側へ行けなかった。

転校したサトちゃんは、新しい習いごとを始めた。たまに連絡《れんらく》を取るけど、今ではユーチューブチャンネルまで始めて、毎日楽しそう。

一方、わたしはお母さんと相談をして、中学校は地元の公立中学に行くことに決めた。中学校入学のタイミングなら、私立小学校出身でも、目立たずにすむはずだ。

それに、創スポは同じ敷地《しきち》にある中学に上がると、体育の授業はますます本格的《ほんかくてき》になって、全国大会に出場するような部活もたくさんある。

そうなると、わたしはもうついていけないから……。

お母さんは、残念そうな顔をしながらも、「しかたないね」とうなずいた。

わたしが創スポの中学に進学しないことは、まだ学校のみんなにはヒミツにしている。

それでいいんだ。

体育が嫌いで中学に上がりたくないなんて、打ち明けづらい。だって、体育の好きな子がほとんどだから。みんなとちがう意見は、いつだって言い出しにくい。

だから、卒業までは、本音は言わず笑顔をつくって過ごそう。そう決めたんだ。

サトちゃんが笑わせてくれなくても、笑顔でいればきっと嫌われない。仲間はずれにされないですむ。

でも。

わたしは、目の前のノートに意識《いしき》をもどす。

この童話を書いた子になら、本音を打ち明けられるかも。体育が好きじゃないことも、中学は公立に行きたいことも。

そうだ、この物語の続きも読ませてって頼んでみよう。

期待がふくらむわたしの視界《しかい》の隅《すみ》に、紺色《こんいろ》のセーターの制服姿《すがた》が入りこんだ。

「あっ……」

何かのどに詰《つ》まらせたようなうめきに顔を上げると、そこにいるのは、小柄《こがら》な男の子だった。

三、四年生かな？　その男の子は、まん丸な目でこちらを見たまま、固まっている。

「…………」

え、ウソ、もしかして。

「このノート、きみの？」

男の子は、耳まで真っ赤にしていた。

「えっ、男子だったの!?」

その子はおびえたように後ずさると、「うわああっ」と叫《さけ》んで扉《とびら》に向かって駆《か》け出した。

「ちょっと待って！」

ピュンッと学校図書館から出て行った男の子に取り残され、わたしは首をかしげた。

この童話、あの子が書いたの？

「まさかね……」

急いで立ち去った男の子がだれなのか、わたしは浜島さんに聞いてみた。

「五年生の浦野友真《うらのゆうま》くんだよ。たしか、三組だったかな」

「五年生？」

小さいから、てっきりまだ中学年だと思っていた。

「ウラノユウマ……」

あっ。もしかして、ピョンマって。友真の「ま」？

「やっぱり、あの子かも」

「何が？」

「いえ、ちょっと。その子って走るの苦手ですか？」

「うーん、どうだろう……。それはわからないけど。本が好きで優《やさ》しい子だよ」

「そうなんですか」

どんな気持ちで、この童話を書いたのかな。

教室前の廊下《ろうか》にもどると、

「あっ。たかっちー！　待ってたよ」

春奈《はるな》ちゃんがわたしに大きく手をふった。仲良しの凛《りん》ちゃん、ゆっきーも一緒だ。

「ねえねえ、七月の部活動見学会、わたしたちと一緒にバスケ部にしない？　中学生にまじってプレーさせてもらえるんだって」

春奈ちゃんは、わたしを見上げて目を輝《かがや》かせた。

毎年夏休みの前に、六年生には中学部活動見学会という行事がある。中学生活をイメージするキッカケづくりってことみたい。

まだ六月の運動会も終わってないのに、春奈ちゃんは気が早いなあ。

「それでさ、来年一緒にバスケ部に入ろうよっ」

「うーん……」

わたしは、首をかしげながら、ひとまず笑顔をつくる。

わたし、創スポの中学、行かないんだ。

それを今話したら、大騒《さわ》ぎになっちゃうな。

せっかくわたしを見学会に誘《さそ》ってくれてるのに、断《ことわ》ってしまったら……。もう遊んでくれなくなったり、無視《むし》されたりするかもしれない。

でも、わたしはバスケが苦手。スポーツのなかでも球技《きゅうぎ》はとくにダメなんだ。飛んでくるボールがこわくて、とっさに体が逃《に》げてしまう。

「わたし、あんまり運動神経《しんけい》よくないけど、大丈夫《だいじょうぶ》かな……」

「たかっち、ソンケンしなくていいよー」

ソンケンじゃなくて、謙遜《けんそん》だよね。でも、まちがいを指摘《してき》して春奈ちゃんの機嫌《きげん》を損《そこ》ねたくないから、黙《だま》っておく。

「こんなに背高いんだから、運動神経とか関係ないよ」

三人が背のびをしてみせる。そのなかで一番小さい春奈ちゃんは、やっとわたしの肩《かた》まで届く高さだ。

「たかっちは、ゴール前に立ってるだけでいいの！」

「…………」

春奈ちゃんのその言葉に、返す言葉が見つからなかった。

「じゃあ、よろしくね」

春奈ちゃんはわたしの肩をポンッとたたくと、凛ちゃん、ゆっきーと廊下を走っていった。

『たかっちは、ゴール前に立ってるだけでいいの！』

そう言った春奈ちゃんはニコッと笑っていて、悪気なんてカケラもないってことはわかってる。

でも、でも、でも。

教室の席に着いたわたしは、体をぎゅっと縮《ちぢ》めた。

好きで背が高くなったわけじゃないもん……。

今年の身体測定《そくてい》で、わたしは百七十センチをこえた。全校児童のなかで、一番背が高い。わたしより小さい男性《だんせい》の先生もいる。

しょうがないじゃん、だって遺伝《いでん》だもん。

わたしの両親はバレーボール選手だった。今は二人とも、それぞれの母校でバレー部の顧問《こもん》をしている。

お父さんの身長は百九十センチだし、お母さんも百七十二センチ（バレーボール選手としては小さいらしい）だ。

きっとそのせい。わたしは牛乳《ぎゅうにゅう》が苦手だし、夜更《よふ》かしもするのに、背はすくすくのびてしまった。

とくに四年生になってからは周りの女子より頭一つ分、高くなった。男子には「出た、背の順のラスボス！」なんてからかわれる。

五年生のクラス替《が》えで知り合った春奈ちゃんには、こんなふうにあだ名を命名された。

「ねえねえ、貴家《たかいえ》さんのサエってどんな字書くの？」

「花が咲《さ》くの〝咲く〟に、お絵かきの〝絵〟だよ」

両親は、「自分の人生を描《えが》いて、咲かせる」っていう意味で、この名前をつけたらしい。

人生なんて大げさなものの描き方は知らないけど、わたしは絵を描《か》くのが好き。だから、自分の名前を気に入っていたんだ。

でも、

「へー」

春奈ちゃんは悪びれる様子もなく、笑顔で言った。

「背が高い貴家さんだから、たかっちって呼《よ》ぶね！」

「…………」

ほんとは、「咲絵」って呼んでもらいたかった。

だって、わたしは「背が高い」だけじゃない。

絵が好きで、虫が苦手で、水色のペンケースがお気に入りで、みそラーメンが好物で、泣き虫な保育園児の弟が二人いて。そういう全部をふくめて「貴家咲絵」だ。

背が高いのは、わたしのほんの一部なのに、いつもそこばっかりが目立ってしまう。

春奈ちゃんがゴール前にいてほしいのは、「背が高い子」であって「貴家咲絵」じゃないのかな。

そう思うと、わたしはみんなと一緒にいても、本当は一人ぼっちな気がしてしまう。

でも、わたしはバスケ部の見学を断らず、ヘラヘラと笑っていた。

だって……友達を失うのはこわい。

見えないセロハンテープでくちびるの両端《りょうはし》を固定するみたいに、わたしはきゅっと笑顔をつくっている。

2

ガタタン、ガタタン。

学校帰りの電車にゆられながら、わたしは『森のウサギの徒競走』のノートを開いた。

やっぱり、これって女の子っぽいよ。

ていねいで丸みのある文字は、男子の雑《ざっ》な文字とはちがうと思った。

それに、あの友真くんって子は、男子なのにウサギとか童話が好きなのかな。たしかに、活発な子が多い創スポ小では、めずらしく、おとなしそうなタイプに見えたけど……。

「おじょうちゃん、大きいねえ。ランドセルってことはまだ小学生でしょ？」

いきなり、右隣《みぎどなり》の席から声がした。おどろいてふり向くと、白髪頭《しらがあたま》のおじいさんがわたしをジロジロ見ていた。

「学校でも一番大きいでしょ。今、何センチ？」

ああ、まただ。

わたしはこんなふうに、いきなり見知らぬ人に、身長をたずねられることがある。

もちろん無視。

わたしの身長を教える筋合《すじあ》いなんてない。それに、知りたいならまずは、自分が何センチか言えばいいのに。

「何かスポーツやってるんでしょ？」

「………」

聞こえないふりを続けながら、車両をかえようか迷《まよ》っていると……。おじいさんはあきらめたのか、つまらなそうに腕《うで》を組んで居眠《いねむ》りを始めた。

もう。背が高いからって、スポーツ好きなわけじゃないんですけど。

決めつけないでよ。

再び、ノートに目をもどして、「あっ」と声を出しそうになった。

わたしも、決めつけていたのかもしれない。

丸っこい字でウサギの童話を書くのは、女の子だって。

背が高いからスポーツが得意って思われるのが嫌《いや》だったのに、わたしだって、「こうだからこう」って決めつけていたのかもしれない。

友真くん、ごめん……。

心のなかであやまりながら、

「なんで、ぼくだけ足がおそいんだろう」

ピョンマは、周りのウサギに比べて、足がおそいことをなやんでいました。


もう一度、その部分を読んだとき。

えっ？

わたしの頭のなかに、もうひとりのウサギが現《あらわ》れた。

そのウサギは、他のどのウサギよりも耳が長くて。みんなには、その耳を羽ばたかせて速く走れると思いこまれていて。

　その名前は……。


　翌日の中休み、わたしは五年三組の教室に行ってみた。ドアの隙間《すきま》からなかをのぞく。

「なああ、見て見て！　オレの上腕二頭筋《じょうわんにとうきん》！」

「はあ？　オレだって負けねーし！」

「腕相撲《うでずもう》しようぜっ」

　盛《も》り上がっている男の子グループには、友真くんの姿はない。

　見回してみると、友真くんは一人でカメのエサやりをしていた。水槽《すいそう》の上からパラパラとエサをまく表情は、何だか元気がない。

「友真くん、ちょっと廊下にきて」

　ピョンマの童話を読んでいたせいか、自然と下の名前で呼んでしまった。なれなれしかったかな？

　わたしは廊下で、友真くんにノートを差し出した。

「これ、友真くんのだよね？　勝手に読んじゃって、ごめんね」

「…………」

友真くんは受け取らず、床のタイルを見ながら、もじもじと体を小さくゆらしていた。

「図書館に置きっぱなしなのを見つけて、つい気になって開いちゃったんだ」

何の話をしてるんだろう、と廊下にいる五年生たちがチラチラとこっちを見ている。その視線を受けて、友真くんはますます小さくなっていくようだった。

まとわりつく視線をはね返すように、わたしは友真くんに言った。

「おもしろかったよ」

友真くんがぱっと顔を上げる。

「足の遅《おそ》いウサギって、なんか共感するっていうか……。このお話、これからどうなるか決めてるの?」

「……まだ、です。でも、主人公のピョンマが一着でゴールするって結末にしようとは思ってるんですけど」

頭をかきながら、友真くんは照れくさそうに視線をはずして言った。

「あのね、お願いがあるんだ」

「お願い?」

そう言ったものの、肝心《かんじん》のお願いを口にするのは勇気が必要だった。

昨日の電車で、ふと思いついたお願い。

わたしも、この童話を一緒に書きたい。

心のなかにピョンと現れた、耳長ウサギも登場させたい。

でも、友真くんに「二人で書こう」って頼むのは、ちょっと気が引ける。

だって、男子と二人ってちょっと気まずいし、友真くんもきっと困っちゃうよね……。

わたしが言い出せずにいると、

「あー、今日の五時間目、いよいよリレーの選手の選考会かあ」

「よっしゃ、オレぜってー負けない！」

「もし選ばれたら、あたしパパに新しいスニーカー、買ってもらえるんだ」

「今日の弁当《べんとう》、カツなんだけど。絶対《ぜったい》カツの縁起《えんぎ》カツぎ～」

教室のにぎやかな声が、ふと耳に入った。

ああ、そっか。五年生は五時間目がリレーの選考会なんだ。六年生は六時間目。まあ、わたしにリレーは無縁《むえん》だから、緊張《きんちょう》もしないけど。

ん？　リレー……？

あっ、これだ！

「友真くん。この童話、リレーしない？」

「へ？」

「バトンを渡すみたいに、この童話をメンバーが順番に書いていくの。第一走者は友真くん、第二走者はわたし、その続きも書いてくれる人を探すの。ええっと、運動会のリレーは四人でつなぐから、あと二人募集《ぼしゅう》するっていうのはどう？」

「ぼくが、童話リレーの第一走者……？」

わたしは、こくりとうなずく。

われながらグッドアイデアかも！　二人でこの童話を書きたいと思っていたときの気まずさが消えて、その代わりに何だかワクワクする。

心のなかでガッツポーズをすると、廊下にチャイムが鳴り響《ひび》いた。

「うわ、教室もどらなきゃ。ゴールデンウイーク中に考えておいてくれる？」

そう告《つ》げると、ノートを友真くんに握《にぎ》らせて、廊下を走り出す。

明日からゴールデンウイークで、しばらく学校はお休みだ。その間に、友真くんが童話リレーをやりたくなる可能性にかけてみる。

わたしは花占《はなうらな》いをするように、六年生の教室に続く階段に足を繰《く》り出した。

やる、やらない、やる、やらない……やる！

3

「ねえねえ、ニュースだよ！」

ゴールデンウイーク明けの教室。登校すると、春奈ちゃんがわたしのランドセルをポンポンたたいた。

「中学バスケ部の先輩《せんぱい》がね、たかっちのために、特別見学席つくるって」

「特別見学席⁉」

「あたしのお姉ちゃんの友達がバスケ部なんだけど、たかっちが見学にくるって言ったら、大歓迎《かんげい》だって。たかっちをスカウトしたいって、ずっと思ってたんだって」

それって、「貴家咲絵」じゃなくて、「小学校で断トツで背の高い子」をスカウトしたいって意味だよね？

困ったことになったたな……。

わたし、創スポの中学に上がらないのに。ますますそんなことを言えない雰囲気《ふんいき》になってしまった。

まずい、まずいよ。

そう思いながらも、わたしはやっぱり、くちびるを持ち上げて笑顔をつくっていた。

「いいよね、たかっちは特別扱《あつか》いしてもらえて」

「え？」

春奈ちゃんは、さっきまで笑っていたのに、ふくれっ面《つら》だ。

「背が高いから必要としてもらえてさ。わたし、ちゃんと毎日牛乳飲んでるのに、背の順前のほうだし。見学行くって言っても、喜《よろこ》んでもらえないもん」

「そんなことないよ……」

わたしは、笑顔のまま首を横にふる。春奈ちゃんを傷《きず》つけないように。

でも。

「へらへら笑って見下ろさないで！　あーもー。いっつも笑ってるけど、たかっちって、本当は何考えてるのかわかんない」

パシンッ！　春奈ちゃんは言葉をボールのように打ちつけた。

『たかっちって、本当は何考えてるのかわかんない』

ぶわっと涙《なみだ》が瞳《ひとみ》をおおう。それがこぼれないうちに、わたしはランドセルを背負ったまま廊下に出た。

ひどい。あんな言い方って、ひどいよ……。

みんなと仲良くしたくて、平和に過ごしたくて、いつも笑顔でいようって決めてたのに。

なのに、笑顔で人を怒《おこ》らせちゃうなんて……。

とにかく一人になりたくて、わたしはトイレに向かった。朝のチャイムが鳴っちゃうかもしれないけど、それでも、もういいや。

トイレに向かって廊下を歩いていると……。

あれ？

涙でゆがんだ視界に、小さな男の子が見えた。

下級生が上級生の教室にやってくるなんてめったにない。まちがえて六年生の教室のある三階にきちゃったのかな。

あの子の教室に連れて行ってあげなきゃ。

まだ保育園児の弟が二人いるせいか、わたしはこんなときでも世話を焼きたくなってしまう。

袖《そで》でぐいっと目元をぬぐう。わたしは見えないセロハンテープをくちびるにはって、笑顔をつくった。

ねえ何年何組？　迷子《まいご》になっちゃったの？　教室に連れて行ってあげるよ。

そう話しかけようと近づいたとき。

「あっ」

心細そうに歩いているのは、友真くんだった。右手には、ニンジン色のノートを握っている。

ていうことは、もしかして……？

「あの……」

わたしと目が合うと、友真くんはちょっと泣き出しそうな顔で言った。

「やります……。童話リレー」

「ほんとっ⁉」

「ぼく……去年、幼なじみに運動会のリレーの選手になるって、約束しちゃったんです。なのに、足が遅くて選ばれなかった……。だから、えっと……代わりに、こっちのリレーを……」

ごにょごにょと友真くんは、床のタイルを見ながら言う。

「うん、やろう。これでわたしたちもリレーの選手だよ」

「リレーの選手！」

友真くんが顔を上げる。その目はぱっちり開いて、何だか別人みたいにキラキラしていた。

「えっと……じゃあこれ。続き、お願いします」

友真くんはわたしに、ニンジン色のノートを差し出した。

ここになら、と思う。

笑ってるだけじゃない、わたしのほんとの気持ち、ここになら書けるかもしれない。

わたしは第一走者のバトンパスをしっかり受け取る。わたしにつなぐことを決心してくれた、その気持ちも。

「友真くん、ありがとう。そうだ、ポスター作ってメンバー募集しようよ。わたし絵描くの好きなんだ。次の月曜までに描いて持ってくるよ」

こんなワクワクする気持ち、サトちゃんといたとき以来かも。

「それと、今さらなんだけど……」

友真くんは遠慮《えんりょ》がちに言った。

「うん、何？」

「……名前、何ていうんですか」

「あ、ごめん！」

わたし、名乗ってもいなかったんだ。

名前もわからないのに、友真くんはわたしのこと探しにきてくれたんだ……。上級生の教室のある階を歩くのは、きっとすごく勇気がいることだったよね。

「貴家咲絵だよ。六年三組」

「タカイエさん、タカイエさん……」

友真くんが、頭にインプットするようにつぶやく。

わたしは思いきって言ってみた。

「えっと、咲絵って呼んでくれるかな？　花が咲くの〝咲く〟に、お絵かきの〝絵〟で、咲絵っていうの」

「咲絵さん、咲絵さん、咲絵さん……」

まじめに覚えようとする姿が、何だかおかしくてうれしくて。くちびるのセロハンテープがはがれても、わたしは笑っていた。

その日、第二走者のわたしが家で書いたのは、こんなストーリーだった。

おいしいニンジンを食べて、耳をパタパタさせながら、走る練習をするピョンマ。

ある日、ピョンマは走るコツの本を切り株《かぶ》に置いたまま、家に帰ってしまいました。

「本がない！」

気づいたピョンマは、あわてて森にもどりました。

「えーっと、切り株はどこだったかな……」

やっと切り株を見つけると、

「あっ！」

そこにいたのは、耳の長いウサギでした。耳長ウサギは、本を読んでいます。

「あのう、その本、ぼくのなんです……」

はずかしくて、耳を真っ赤にしたピョンマは、勇気を出して話しかけました。あんなに耳が長かったら、風を味方に、びゅんびゅん走れるだろうなあと思いながら。

「きみのだったの？」

耳長ウサギが言いました。

「はい。ぼく、走るのがおそくって。もうすぐ徒競走があるでしょ？　だから、物知りウサギのおねえさんに、その本を借りたんです」

ピョンマはうつむいています。

「あなたみたいな、長い耳があればいいんですけど」

その言葉に、耳長ウサギは、ぶんぶん首をふりました。

「わたしだって、きみと一緒だよ！　耳が長いからって、はやく走れるわけじゃないもん」

「そうなの？」

「わたしね、みんなから足がはやいんでしょって、うらやましがられるの。仲間はずれにならないように、何を言われてもいっつも笑ってたんだけど、なんだかもうつかれちゃった」

耳長ウサギは耳をぺたんと地面につけて、しょんぼりしています。

「本当は、わたしも足がおそいの。お父さんとお母さんに似《に》て、生まれつき耳が長いだけなんだ」

耳長ウサギは、耳をさわりながら言いました。

「じゃあさ！」

ピョンマはその場で、ピョンッとはねました。

「ぼくと一緒に、練習しようよ！」

「一緒に練習？」

「うん。そうすれば、徒競走で一番だって、夢じゃないかも」

ピョンマは、ちょっと照れくさそうに言いました。

「ぼくはピョンマ。あなたの名前は？」

いつもみんなに「耳長」と呼ばれているウサギは、はじめて自分の名前をきかれて、うれしくなりました。

「わたしは、うさえ！」

「よろしくね、うさえ」

うさえは、笑顔でうなずきました。

4

月曜日の中休み。わたしは筒状《つつじょう》に丸めたポスターとセロハンテープを持って、さっと廊下に出た。

リレーのメンバーを募集するポスターを、昨日作った。

《走るだけがリレーじゃない！　そう思うメンバー募集します！

5月10日の昼休み、昇降口《しょうこうぐち》に集合》

五月十日は、つまり明日。急すぎるかな？　でも、早くメンバーの顔を見てみたい。

言葉とともに描いたのは、ふたりのウサギ。

ひとりは小柄で白いウサギ、もうひとりは耳の長いウサギ。

そう、ピョンマとうさえだ。

サインペンで輪郭《りんかく》を描き、クレヨンでていねいに色をぬった。うさえの耳はわたしの好きな水色だ。

制服の内側で、心臓《しんぞう》がドクドクはねている。

自分の描いたポスターを、学校にはる。わたしがこんな大胆《だいたん》なことをするなんて、何だかウソみたいだ。

昇降口の柱にポスターをはり、少しはなれたところで友真くんを待つ。ポスターを見てほしいから中休みにきてね、と朝一番に教室で伝えてある。

まだかな、と待っていると、視界に入ってきたのは、春奈ちゃんだった。今日も凛ちゃん、ゆっきーと一緒。

先週のことを春奈ちゃんはまだ怒ってるみたいで、今朝も教室でわたしと目を合わせてくれなかった。

「ねーねー、体育館で何する?」

「バスケ! バスケがいい!」

「えー、春奈いっつもバスケじゃん。わたしバドミントンがいいー」

わたしは見つからないように、別の柱にかくれて背を丸めた。

そのとき。

「え、何このポスター。『走るだけがリレーじゃない』?」

「てか、こっちのウサギさー、耳の長さヤバくない?」

「何か、長すぎると、あんまり可愛《かわい》くないね」

その言葉に、ぼっと頬《ほお》が熱くなった。

わたしが描いたなんて、絶対言えない……。いつものわたしなら、春奈ちゃんたちが通り過ぎるのを待つ。波風を立てないように、嫌われないように。

でも……。にっこり笑ううさえのイラストが、ケラケラと春奈ちゃんたちの笑い声を浴びている。

見過ごせないよ。だって、このウサギは……。わたしは柱の陰《かげ》から一歩ふみ出した。

「長くてもいいんじゃないかな」

「わっ、たかっち⁉」

後ろから急に声をかけたわたしに、春奈ちゃんたちの頭がはね上がった。ふり返った三人分の瞳が、わたしを見上げる。

「別に、耳がふつうより長くたって、いいと思う」

声が震《ふる》えるほど緊張する。きっと今わたし、コワい顔してるかも。

「何でたかっち、このウサギのことかばうの?」

ゆっきーが、ポカンとした表情で首をかしげる。

「わたしは好きだから、このウサギ」

みんなとちがうことを言えば、仲間はずれにされるかもしれない。わかっていたのに、ここで黙っていちゃいけない気がした。

わたしは両手のこぶしを、ぎゅっと握りしめる。耳が長いところも、足が遅いところも、わたしはこのウサギを好きでいたい。

バシンと痛い言葉が返ってくることを覚悟《かくご》していたけれど……。

「あー、スッキリした」

春奈ちゃんは、お風呂《ふろ》上がりみたいに言った。

スッキリ？

わたしの空耳《そらみみ》かと思ったけれど、春奈ちゃんはにっこりしている。

「たかっち、やっと本音でしゃべったね」

「へ……？」

「今までわたしが何言っても、うなずいて笑ってたでしょ？　だから、いっつもボールをパスしてもスルーされてるみたいな気がしてた。ホントは何考えてるんだろうって。ずっと、たかっちの本音が知りたいって思ってたんだよ」

だよね、と春奈ちゃんが聞くと、凛ちゃんとゆっきーもうなずいた。握っていたこぶしの力が、ふにゃっと抜《ぬ》けていく。

……わたしの本音？

笑顔をつくる見えないセロハンテープは、必要なかったの？

「ねえ、たかっちも一緒に体育館行かない？」

「ううん、待ち合わせしてるから」

予想外のうれしい誘いだったけれど、わたしは首を横にふった。

「待ち合わせ？」

「うん。ねえほら、早く体育館行かないと、中休み終わっちゃうよ」

不思議そうな表情で、春奈ちゃんたちが去っていく。その背中を見送りながら、もう言えるかもと思う。

中学は公立に行くと決めてること。

咲絵って呼んでほしいこと。

「咲絵さん！」

しばらくすると、友真くんがパタパタと上履《うわば》きを鳴らしてやってきた。

遅くなりました、と礼儀《れいぎ》正しくおじぎをする友真くんに、わたしはポスターを指さした。

「ここなら目立つよね。だれか参加してくれそう」

「えっと、このポスター……」

「あ、こっちがピョンマだよ。もうひとりは、うさえっていうの。わたしが登場させた耳の長いウサギ」

「そうじゃなくて……」

「どうしたの？」

「これ、何のリレーかわからないです」

「えっ!?」

まじまじと見る。ほ、ほんとだ……。

わたし、ふたりのウサギを描くのに夢中《むちゅう》で、「童話リレー」って言葉がすっぽり抜けている。

超マヌケじゃん！

「はっ、はははっ」

友真くんの背中をぽんぽんたたきながら、なぜか笑いが止まらない。

「これはこれで、いいかも」

友真くんが、ぽつっとつぶやく。

「何のリレーかは、集まってみてのお楽しみってことですね」

「うん、それ！　そういうことにしよっ」

こんなポスターを見て、集まってくれる人はいるのかな。可能性はとても低いかもしれないけど……。

いる。きっといる。

なぜだかわからないけれど、そんな予感がするんだ。

三章

理《り》瑠《る》
あたしの
スペシャルパートナー

1

スラックス、スラックス、スカート、スラックス。

学校で女子とすれちがうたび、今日もあたしは制服チェックをしている。

創スポ小の女子の制服は、スラックス（ズボン）かスカートを選べる。スポーツの好きな子が多いせいか、スラックス派が七割《わり》ってところかな。

だけど、あたしは断然《だんぜん》スカート派。だって、グレーのスラックスより、明るいカラーのスカートのほうが、可愛《かわい》くて気分が上がるんだもん。そうだ、今度ミシンで裾上《すそあ》げしちゃおう。

あたしは、スカートからのびる足をずんずんと前に繰《く》り出しながら、廊下《ろうか》を歩く。

《走るだけがリレーじゃない！　そう思うメンバー募集《ぼしゅう》します！

5月10日の昼休み、昇降口《しょうこうぐち》に集合》

昨日、こんな謎《なぞ》のポスター（なぜかウサギの絵柄《えがら》）がはられていた。おなかが痛くて三時間目から登校したときに昇降口で見つけたんだけど、放課後にはもうはがされていた。

いったい、何のリレーだろう？

うさんクサいポスターなのに、昇降口に行ってみようと思ったのは、最近見たSNS《エスエヌエス》がきっかけだ。

あたしの大好きなファッション雑誌《ざっし》のモデルたちが、SNSでお気に入りコーディネートを順番に紹介《しょうかい》するファッションリレーをしてたんだ。

可愛い、きれい、カッコいい、が連鎖《れんさ》する投稿《とうこう》を見ていると、あたしは色とりどりのマカロンを、ぱくぱく食べているみたいに満たされた。

こんなふうに、ファッションリレーで盛り上がれたら、どんなに楽しいだろう。

運動会のリレーより、やるなら断然こっちでしょ！

もしかして、この学校にもファッションリレーをしたくなった子がいるのかも。あたしはウキウキとした気持ちで、昇降口へ歩いていた。

昇降口に着くと、ポスターのはってあった柱に、二人立っているのを見つけた。

背の高い女子と、小さな色白の男子。テニスのラケットと卓球《たっきゅう》の球《たま》みたいに、ちぐはぐな組み合わせに見える。

女子のほうは、六年生の貴家《たかいえ》さんだ。この学校でダントツに背が高くて目立つから、ほとんどみんなに知られてる。スタイルがよくて、スカートもスラックスも似合ってうらやましい（ちなみに今日はスラックス）。

男子にも、見覚えはある。同じクラスになったことはないけど、あたしと同じ五年生だ。その子は、何か書いた白い紙を両手で持っていた。

《リレーの受付《うけつけ》はこちら》

うっそ。これ？

あたしと目が合った貴家さんが、笑顔で駆《か》け寄《よ》ってくる。

「もしかして、リレーに応募《おうぼ》する人⁉」

「や、あの、あたしは……」

貴家さんの後ろでは、追いかけてきた小さな男子があたしを見つめている。

うすうす気づく。ファッションリレーじゃないかも。

「よかったー。あのポスター、すぐ先生にはがされちゃったから、だれかきてくれるかなって心配で」

「……これって、何のリレーですか？」

「童話リレーだよ」

「どーわ？」

あたしは貴家さんの言葉を繰り返す。

「友真《ゆうま》くんが書き始めた童話なの。足の遅《おそ》いウサギのピョンマが主人公」

「ゆうま？」

「この子だよ」

友真、と呼ばれた男子は耳まで真っ赤にしている。耳の先の形がちょっとつんとしていて、何となくウサギに似てる気もする。

貴家さんは両手であたしに、ニンジンみたいな色のノートを差し出した。

あんまり気は進まないけど、とりあえず開いてみる。


『森のウサギの徒競走』


「ああ、こまったなあ」

ウサギのピョンマが、ため息をついていました。

それはなぜって？

もうすぐ、森のウサギの徒競走があるからです。ウサギたちは、ニンジンをしょって走るのです。

「それは、第一走者の友真くんが書いた部分」

と、貴家さんが説明する。

へえ、男子なのに丸くてかわいい字。あたしはページをパラパラめくる。

そこにいたのは、耳の長いウサギでした。耳長ウサギは、本を読んでいます。

あ、いつの間にか筆跡《ひっせき》が変わった。大人っぽくてきれいな文字だ。

「そこを書いたのは、第二走者の咲絵《さえ》さんだよ。ぼくもまだ読んでないけど」

「こんなふうに、この童話をリレーしてくれるメンバーを、あと二人募集してるの」

さらにページをめくっていくと、真っ白のページが現れた。その先も白、白、白。

「この続き、書いてみない？」

貴家さんにまっすぐ見つめられる。そのときあたしが考えてたことは、ただ一つ。

どうやって逃《に》げようかな。

「あたし、童話とか書いたことないし……」

貴家さんにノートを返す。面倒《めんどう》なことにかかわりたくない。

「ファッション雑誌は好きだけど、本とか読まないの。だからちょっと、無理かなあって」

「大丈夫《だいじょうぶ》だよ、わたしも初めて書い……あれ？」

必死に説得《せっとく》しようとする貴家さんの目線が、ふと、あたしからはずれた。

「千弦《ちづる》くん！」

貴家さんの声は、あたしの耳の横を通り抜《ぬ》けた。

ぱっと後ろをふり向くと、

「ここが、リレーの受付場所？」

いつの間にか、あたしの背後《はいご》に立っていたのは、六年生の鈴木《すずき》千弦くんだった。

わあ、チヅくん！

貴家さんも有名だけど、運動神経バツグンのチヅくんはもっと有名人。

去年の運動会では、五年生にしてリレーのアンカーに大《だい》ばってき。三人を抜き去り一位でゴールしたことは伝説になった。先生たちの間では〝短距離走《たんきょりそう》の申《もう》し子《ご》〟なんて呼ばれてるみたい。

それに、見た目だってカンペキだ。日焼けした肌《はだ》に涼《すず》しげな目元。六年生の女子たちが「チヅくんカッコいい」って騒《さわ》いでいるのをよく目にする。

だからあたしも心のなかで、チヅくんってこっそりあだ名で呼んでいる。直接《ちょくせつ》話したことなんてないけど。

「千弦くん、もしかして、参加してくれるの？」

「何のリレーかと思ってさ」

貴家さんは、あたしに話したように、チヅくんにも説明した。

あーあ、とあたしは鼻白《はなじら》んでいた。

学校で一番足の速いチヅくんが、わざわざ童話リレーなんてやるわけないじゃん。きっと、今年の運動会のリレーにも選ばれてるはずだし。

説得したってムダだよ。

「あと一人なの！　千弦くん、アンカーお願い！」

貴家さんはパンッと手を合わせる。

え⁉　あと一人って、もうあたしもメンバーに入ってるってこと？

そんなの困る、と抗議《こうぎ》しようとしたとき、

「やるよ、童話リレー」

チヅくんが、すんなりうなずいた。

ウソでしょ⁉

そう思ったのは、あたしだけじゃないみたいだ。誘《さそ》った貴家さんと友真くんまで、目をパチクリしている。

「ほんと？　千弦くん、参加してくれるのっ⁉」

「いいよ。書いたことないけど、やってみるよ」

「これで四人そろった……」

小さくガッツポーズをした友真くんが、確《たし》かめるようにあたしに視線を向ける。

貴家さんと友真くんの二人にまざって童話を書くなんて、ちっともノリ気になれなかった。

でもチヅくんが一緒《いっしょ》となると、話は別。何のヘンテツもない空に虹《にじ》が浮《う》かんだみたいに、ときめく景色《けしき》に変わる。

「山岡《やまおか》さんもやるの？」

わっ、チヅくんがあたしの名前覚えてくれてる！　この一言が決め手になった。

「は、はい！」

あたしは、こくんとうなずいていた。

「やった！　四人で童話リレー、楽しもうね！」

右手の人さし指から小指まで、貴家さんはピンとのばした。

2

その日、家に帰ると、あたしはまず制服のホコリをブラシで落として、きちんとハンガーにかけた。

あたしがこの創スポ小に入学した理由、それはこの制服。

生まれたときから創スポ小のある街に住んでいたあたしは、幼稚園の行き帰りの道で、この制服に出会った。

「ママ！　あれ、りるも着たいっ」

ママの自転車のチャイルドシートで、そう言ったのをはっきり覚えてる。

夏の始まりの空みたいな水色と、レモン色のチェック柄スカート。白いブラウスにとっても映《は》えていた。

幼稚園のころから洋服が大好きだったあたしは、あの制服を着て学校に通えたら、どんなに楽しいだろうって思った。

「理瑠《りる》、いい？　あそこはたくさん走ったり、体操《たいそう》をしたりする小学校なのよ？」

そう忠告《ちゅうこく》したとママは言うけれど、そんなこと覚えていない。

運よく合格したあたしは、幸い運動オンチってわけじゃなかったから、体育の授業も何とかこなしてる。でも、「運動に命かけてます！」みたいな熱血《ねっけつ》クラスメートや先生たちには、ちょっとついていけないって感じ。

それもあるかも。

《走るだけがリレーじゃない！　そう思うメンバー募集します！》

だから、あれには完全にダマされてしまった。

ニンジン色のノートを広げて、自分の机《つくえ》に向かってみるけど……。

あー、無理！　一行も、一文字も思いつかない。

チヅくんとつながりができるのがうれしくて引き受けちゃったけど、そもそも文章を書くなんて好きじゃない。

あたしの好きなことは……。

クローゼットからミシンを取り出して、ていねいな手つきで机にのせた。白くてピカピカのミシン。フランスのパリにいるママからのプレゼントだ。

「あたし、可愛い洋服を着るのも好きだけど、自分で作ってみたいんだ」

ママとオンラインでそう話したら、去年のクリスマスに届くように手配してくれた。

ママは今、フランスのパリに留学《りゅうがく》している。あたしが生まれる前、ママは売れっ子ヘアメイクアーティストだった。美容雑誌やテレビに出るモデルさん、タレントさんのヘアメイクを担当《たんとう》して、メイクの本を出版《しゅっぱん》したこともあるんだって。

そんなママは、去年の夏、ヘアメイクアーティストに復帰《ふっき》することを家族に宣言した。ブランクを埋《う》めてスキルアップするために決めたのが、なんと一年間のフランス留学。

これにはあたしだけじゃなく、パパとおばあちゃんもビックリしてたけど。

「ねえ、理瑠。ママ、フランスに行ってきてもいい？」

申し訳《わけ》なさそうな顔で聞くママに、あたしはあっけらかんと言った。

「おみやげに、可愛い洋服いっぱい買ってきて！」

一年も、ママに会えない。さびしくないと言ったらウソになるけれど、もう低学年のコドモじゃない。それに、うちにはちょっと口うるさいおばあちゃんも、パパもいる。留学中のママは、二日にいっぺんはオンラインで連絡《れんらく》してくる。きっとあたしとクリスマスも一緒に過ごせないから、プレゼントを奮発《ふんぱつ》したんだろうな。

このミシンをもらって以来、ネットの動画を見ながらミシンの特訓中《とっくんちゅう》!ヘアアクセサリーのシュシュを作ったり、こっそり制服の白ソックスに水色のポンポンを付けたり。

このあいだは体操服にレースを縫《ぬ》い付けたら、担任の先生に怒《おこ》られた。せっかく可愛くしたのに、先生ってわからず屋。

今、チャレンジしてるのは、水玉模様《もよう》のギャザースカート。洋服を作るのは初めてだけど、これは初心者《しょしんしゃ》にぴったりなんだって。

完成したら、オンラインでママに見せよう。すごいねって、きっとおどろくだろうな。型紙《かたがみ》に合わせて切った布を縫っていく。まずはスカートのわき。夢中になって、おなかの痛みもどこかに飛んでいった。

「理瑠、ごはんだよー」

おばあちゃんが、あたしの部屋のドアを開く。

「今行くー」

ダイニングテーブルには、手作りのおかずが並んでいた。

「理瑠、お茶わんに入ってる分は食べなさいね」

おばあちゃんの鋭《するど》い目線がフォークみたいにあたしに刺《さ》さる。

「えー？　おばあちゃんさ、最近ちょっと多くよそってるよね」

「何言ってるの。小学生にダイエットなんて必要ないんだから、ちゃんと食べなさい。貧《ひん》血《けつ》になっちゃうよ？　とくにこういう体調《たいちょう》のときは」

「うるさいなあ」

おばあちゃんの忠告をさえぎり、あたしはぷーっと頬《ほお》をふくらます。

あーあ。パパなら、あたしに甘《あま》いから許《ゆる》してくれるのに。今日は遅番《おそばん》だから、まだ帰ってこない。

「最近はパリコレでもね、いろんな体形のモデルさんがいるのよ。ファッションやメイクの世界も変わってきてるの」

おばあちゃんは、にっこり笑って言った。

あたしの家族はみんなおしゃれが大好きだ。おばあちゃんは定年《ていねん》までデパートのコスメ売り場の店員さんをしていたし（ママがヘアメイクアーティストになったのはその影響《えいきょう》かも）、パパはショッピング街の靴屋《くつや》さんに勤《つと》めている。早くに亡《な》くなったおじいちゃんも、スーツが似合うカッコいい人だったらしい。

そんな環境《かんきょう》だから、あたしがおしゃれ好きになったのも当然。

おばあちゃんが何と言っても、あたしは可愛い服が似合う、きゃしゃな女の子になりたい。

「あっ、忘《わす》れてた。そういえば、こないだ美月《みづき》ちゃんのママからメールきてたわ」

「えっ。何て何てっ？」

美月ちゃん。その名前を聞くと、あたしは魔法《まほう》のステッキをふられたみたいに、機嫌《きげん》がよくなってしまう。

「今週土曜に、創スポの中高体育館で新体操の発表会があるんですって。理瑠も応援《おうえん》行く？」

「行く。絶対行く！　もー、そんな大事なこと忘れないでよ」

水玉のギャザースカート、それまでに完成させて、はいていきたいな。

「一つ約束守れるなら、連れてってあげる」

「何？」

「それ、ぜんぶ食べたらね」

にやりとおばあちゃんが笑う。その目線の先には、ねっちりした白米《はくまい》のお茶わん。

うう、悪い魔女にダマされた。

幸原《こうはら》美月ちゃんとは、あたしが一年生のときに出会った。

創スポ小では、六年生が入学したばかりの一年生とペアを組んで、お世話することになっている。教室にきて朝の準備《じゅんび》を手伝ってくれたり、掃除《そうじ》のやりかたを教えてくれたりした。

あたしとペアになったのが、美月ちゃんだった。

美月ちゃんは頭のてっぺんでまとめたお団子《だんご》がとても似合っていて、手足がすらっとしていて、何でも優《やさ》しく教えてくれた。だからあたしは、パートナーが美月ちゃんだってことが自慢《じまん》だった。

あたしたち、すてきなペアでしょ。みんなにそうアピールするように、あたしは美月ちゃんの手をぎゅっと握《にぎ》っていた。

「あのね、きょうみづきちゃんが、ほめてくれたよ」

「みづきちゃんといっしょにね、体育館にいったの」

「ママ、みづきちゃんと同じおだんごにしたいー」

あたしは家でも美月ちゃんのことばかり話していた。

そんなわけで、ママは美月ちゃんのお母さんに連絡を取って、仲良くなったようだ。

そうして、一年生の秋。

「美月ちゃん、新体操やってるんだって。発表会見に行く？」

ママにそう言われて、地域《ちいき》のスポーツセンターに見に行ったんだ。

かわいい！

あたしの目は、初めて見る新体操の衣装《いしょう》にくぎづけになった。

色鮮《いろあざ》やかで、胸元《むなもと》がキラキラしていて。まるで妖精《ようせい》たちのパーティーに招《まね》かれたみたいな気持ちになった。

「ママ、りるも新体操やる！」

「え？　どうしたの急に」

「あれが着たいの！」

ママに頼《たの》みこんで、あたしは、美月ちゃんと同じ新体操教室の体験レッスンを受けることになった。

でも、教室に行ってみると、

「あれ？　ねえママ。みんな、あのキラキラ着ないの？」

「あれは、ステージ用のレオタードっていう衣装なのよ。練習では着ないの。動きやすい体操服を着るのよ」

「ええ〜っ？」

風船の結び目をほどいたように、新体操をやりたいとふくらんでいた気持ちが、プシューッと抜けてぺしゃんこになった。

なんだあ……。

「理瑠、入会する？」

体験レッスン後、ママの言葉に、あたしはふるふると首を横にふった。

「理瑠は体操をやりたいんじゃなくて、可愛いお洋服が着たかったってことね」

そう、そのとおり。小学校の制服に憧《あこが》れたときと同じだ。でも、それって別にいけないことじゃないでしょ？

美月ちゃんが中学に上がると、なかなか会えなくなってしまった。

創スポの中学、高校は、小学校のすぐお隣《となり》だけど、接点《せってん》はほとんどない。あたしたちからすると、オトナの世界って感じ。

美月ちゃんは通っていた新体操教室をやめて、学校の新体操部に入った。

何といっても体育大学付属の新体操部。中学高校一緒に活動していて、練習環境や設備《せつび》はバッチリらしい。ちなみに、部活の発表会とかのお知らせは、留学したママに代わって、おばあちゃんに送ってもらうことになった。

二年後にあたしが中学生になったら、美月ちゃんは高校三年生。

同じ部活なら一緒にいられる時間は増《ふ》えるけど、やっぱり新体操部には入らないな。

3

翌日の学校帰り。サナ、夕夏《ゆうか》と一緒に、駅までの道を歩く。この後、サナは水泳、夕夏はサッカーの教室に行くんだって。二人ともおしゃれが好きな子だけど、スポーツにも本気。

この子たちとあたしは何かちがう。つまんないな、とこっそり思っていると、斜《なな》め前にバレリーナみたいなお団子ヘアの女の子が歩いていた。

「美月ちゃんっ」

後ろ姿でもあたしにはわかる。

「ごめん、あたし美月ちゃんのとこ行ってくる。また明日！」

二人に手をふり、あたしは美月ちゃんに駆け寄った。ランドセルをゆらして走るあたしの気配《けはい》を感じたのか、美月ちゃんがふり返る。

「ああ、理瑠。久しぶり」

「美月ちゃん、会いたかったー！」

あたしは腕《うで》を大きく広げて、美月ちゃんにぎゅっと抱《だ》きついた。

「理瑠のリアクション、大げさ」

「美月ちゃん、部活で帰り遅くて、めったに会えないんだもん」

「週六だからね」

「シューロク？」

「週のうち六日が部活ってこと。日曜しか休みはないの」

「やっぱ〜。あたしだったら絶対逃げ出しちゃう」

そう顔をしかめてから、「あれ？」と気づいた。

「でも、今日は部活じゃないの？　しあさってが発表会でしょ？」

「あー、えっと……」

美月ちゃんは視線を泳がせた。

「今日はちょっと、病院に行くから」

「病院？　カゼ？」

あたしは美月ちゃんの顔をのぞきこむ。顔色はわるくない。元気そうなのに。

「ううん、そうじゃないんだけど……。理瑠は？　最近元気だった？」

「……まあ、ふつーかな」

ここ数日、おなかが痛いことは黙っておいた。だって、いくら美月ちゃんでも言いづらいし。

「でもね、何か変なことに巻《ま》きこまれちゃった」

あたしは美月ちゃんに、童話リレーのことを話した。

「へえ、うちの学校でもそんな遊びをする子がいるんだね。どんな童話なの？」

「何か……運動オンチのウサギがふたり出てくる」

「あー、それは自分を投影《とうえい》してるのかもね」

「トーエイって?」

「そのウサギを自分のモデルにしてるっていうか。そのウサギを通して、自分自身を書こうとしてるんじゃないのかなあ」

「ふーん。じゃああたしは、ダイエット中のウサギを登場させようかな」

「ダイエット?」

前を向いていた美月ちゃんが、急にあたしの顔を見た。

「うん。あたし、腕とか足とか、もっと細くなりたい。美月ちゃんみたいにスタイルよくなりたいの。だからごはんとか少なめにしてるんだけど」

美月ちゃんにグチを聞いてもらいたかった。

「おばあちゃんってば、ダイエットに反対するの。どうすればバレずにダイエットできると思う?」

そう聞くと、美月ちゃんは立ち止まった。眉間《みけん》にキュッとしわを寄せて、いつになく厳《きび》しい顔つきだ。

「ダイエットはだめ! 理瑠には必要ないよ」

「え……？」

あたしは、いつもとはちがう美月ちゃんの剣幕《けんまく》に、ちょっとおどろいた。

「何で？　どうしてダメなの？」

「どうしても！」

何それ。美月ちゃんなら、あたしの気持ちをわかってくれると思ったのに。

そこからあたしは、ムスッと黙りこんだ。

美月ちゃん、つまらない大人になっちゃったの？

駅に着くと、逆《ぎゃく》方向の電車で帰る美月ちゃんが口を開いた。

「理瑠のホームまで送るよ」

いつもだったら、美月ちゃんと一秒でも長くいられるのはうれしい。でも、今日のあたしはつっぱねた。

「もう、ここまででいい！」

美月ちゃんが、ダイエットはダメなんて、大人みたいなことを言うからだ。

家に帰ると、キッチンからピチパチピチパチと油がはねる音がした。おばあちゃんがお肉を油のなかに入れている。今日の夕ごはんはから揚《あ》げか。

やだな、揚げものってカロリー高いのに。

ただいまを言うより先に、

「おばあちゃん！　あたし、美月ちゃんの発表会行かない！」

「え？　急にどうしたのよ」

「とにかく行かないのっ」

そう言い捨て、あたしはバタンと自分の部屋のドアを閉めた。

イライラした気持ちでニンジン色のノートを開く。あーもう、このウサギたちにダイエットさせてやるっ。


ある日、ピョンマとうさえは、森のなかで、ふたりのぽっちゃりしたウサギを見つけました。

だれだろうと思って近づいてみると、なんとそれは、大きな鏡に映《うつ》った自分たちでした！

「あれ、ぼくちょっと太ったかも。ニンジン、食べすぎたかなあ」

「体が重いと、はやく走れないわよね。徒競走で優勝《ゆうしょう》するには、今すぐダイエットしないとね！」

ピョンマとうさえは、この日からダイエットを始め、なんと一週間後には、超《ちょう》スタイルバツグン☆になりました。


はい、終わり。

あたしは机の上にシャーペンを放り出した。

ちゃんと書いたんだから、文句《もんく》ないでしょ？　さあ、ギャザースカート作りの続きに取りかかろ。

あ、でも、ちょっと待って。

この続きを書くのは、チヅくんだ。この文章を見てどう思うだろう。

あたしが、ダイエットしてるってバレちゃうかな。それって、何だかはずかしい。

そんなことを考えながら、ベッドに寝転《ねころ》がる。数日前からのおなかの痛みはだいぶ治《おさ》まってきた。

「あ、そうだ。おばあちゃんに見学届、書いてもらわなきゃ」

明日、水泳の授業があることを思い出す。創スポ小は屋内温水プールがあるから、五月でも水泳の授業があるんだ。

おばあちゃんに見学届を書いてもらうのは、ちょっと気はずかしい。

でも、これがママだったら？　何だかもっと照れくさかったかもしれない。ママの子どもなのに、もう〝子ども〟じゃないような気がして。

ベッドの上のスマホがピコンと鳴ったのは、夕ごはんを食べた後だった（結局、おばあちゃんに誘導《ゆうどう》されて、から揚げを三つも食べちゃった）。

表示されているのは、美月ちゃんの名前。

《今、話せる？》

どうしよう。あんなケンカをしちゃったから、気まずいよ。

返事を送れずにいると、スマホからメロディーが流れる。美月ちゃん、電話をかけてきた。

「……もしもし」

あたしがおそるおそる電話に出ると、

「理瑠、さっきはごめんね」

聞こえてきたのは、美月ちゃんのいつもの優しい声だった。

「別にあやまらなくても……」

「あのさ、私、病院に行くって言ったの、覚えてる？」

「あー……。そういえば、言ってたかも」

「あれ、産婦人科《さんふじんか》なの。ぶっちゃけ去年から通ってるんだ」

産婦人科？

その言葉は、高校生の美月ちゃんには不似合いだと思った。

だって産婦人科って、赤ちゃんが生まれるところでしょ？

「美月ちゃん、もしかしてもしかしてっ」

その続きの言葉は言えなかった。

「ちがう、ちがう。赤ちゃんじゃないってば」

美月ちゃんがあわてた声で、あたしの予想をかき消した。

そっか、早とちりだったんだ。ちょっと安心……。

でも、じゃあ、何でそんな場所に？

「私、生理が止まっちゃったんだ」

「え」

どきっとする。なんてタイミングだろ。あたしは思わず、自分のおなかをさわる。

数日前に、初めて生理がきた。

おなかが、ずうんと重たく痛んで、これから毎月のようにこんな痛みにおそわれるのかと思うと、心細くて泣きたくなった。

周りにも、もうきた子はいるかなって気になるけれど、サナや夕夏にも話す勇気がなかった。だって、あたしが一番目かもしれない。好奇心で色々聞かれたら、イヤだ。

そんなあたしは、美月ちゃんが生理って言葉をすんなり使うことに、おどろいていた。

でも、止まっちゃった、ってどういうこと？

「原因は、ダイエット」

「ダイエット？　美月ちゃんもダイエットしてたの？」

「うん。もっと細く軽くなれば、新体操でいい結果が出せるんじゃないかと思ったの。そのほうが、レオタードをきれいに着こなせるし、演技《えんぎ》の得点も上がるはずって。きつい練習後も、できるだけごはんは我慢《がまん》して、何だか食事制限《せいげん》が趣味《しゅみ》みたいになってた」

「そうだったんだ……」

「そしたら、中三の春から止まっちゃったんだ。生理って、ふつうにきてるときは面倒なのにね。半年もこなくて、こわくなって、病院に行ったんだ。今でも定期的に通院してるけど、もうダイエットはしてないよ。もちろん太らないように気をつけてるけど、無理にやせたいとはもう思わない。自分の体で、自分らしく演技したいもん」

美月ちゃんは、きっぱりと言った。

「美月ちゃん、それであたしにダイエットしちゃったんだ。だって、理瑠は可愛い妹みたいなもんだから。……」

「自分と重ねて心配になっちゃったんだ。だって、理瑠は可愛い妹みたいなもんだから。

お説教くさいこと言って、ごめんね」

美月ちゃんには見えないのに、あたしはぶるぶると首を横にふった。

そんな事情《じじょう》があるなんて、知らなかった。

もともとスタイルがいいから、あたしのやせたいって気持ちがわからないだけなんだと思ってた。

だけど、ちがったんだ。

美月ちゃんは、つまらない大人なんかじゃない。一年生のとき、あたしの手を引いて校《こう》舎《しゃ》を案内してくれたときと、その手のあたたかさは、ちっとも変わらない。

今でも、あたしのことを考えてくれる、スペシャルパートナーだ。

「美月ちゃん、ごめん」

涙がじわっとあふれてきて、そうつぶやくあたしの声は、鼻声《はなごえ》になってしまった。

「美月ちゃんは、どんなレオタードも似合ってるよ。土曜日の発表会、絶対応援に行くから！」

そう言いながら、こんな大事なことを打ち明けてくれた美月ちゃんに、もっと何かできることはないかな、と考えていた。

「あっ、そうだ！」

あたしは、ピカンとひらめいた。

「あたし、いつか美月ちゃんのレオタードを手作りしてみたい」

「ええ？　理瑠が、ほんとにー？」

美月ちゃんは、からかうように笑った。

「あたし、今ミシン特訓してるから。絶対うまくなって作る。だから、それまで新体操がんばって」

あたしは美月ちゃんと一緒に、新体操はしない。

でも、あたしはあたしの好きなことで、憧れの美月ちゃんを応援したい。美月ちゃんにありがとうの気持ちを伝えたい。

美月ちゃんに自慢に思ってほしい。理瑠とパートナーでよかったって。初めてそんな気持ちになった。

美月ちゃんとの電話が終わった。

自分に生理がきたことは、話せなかったな……。でも、何だか心細さは薄《うす》らいだ。だって、あたしには美月ちゃんがいるんだから。

あたしは机に向き直り、さっき書いた童話を消しゴムでゴシゴシこすった。


美月ちゃんの発表会は明日。

「ねえ、おばあちゃん。ギャザースカート、あとゴムを通したら完成なの。今日の夜がんばれば、発表会にはいていけそう！」

朝ごはんを食べながらそう言うと、おばあちゃんは衝撃的《しょうげきてき》な一言を放った。

「え？　私、明日の午後は、美容室行くのよ」

「ええっ、何でー!?」

「だって理瑠、発表会行かないって言ったじゃない。だからヘアカットの予約しちゃった。

理瑠に、お留守番《るすばん》お願いねって言おうと思ってたところだったのよ」

「じゃあ、他の人と行く！」

あたしはぷりっと頰をふくらませた。

「他の人って、だれ？」

「………」

明日はパパも仕事だし、他に連れて行ってくれそうな大人は知らない。

登校するとすぐ、サナと夕夏を誘ってみたけれど、習いごとがあると断られてしまった。

五年生が一人で観覧《かんらん》するなんて、さびしすぎて無理。周りはみんな年上だろうし、完全にアウェイだよね……。

だれかいないかな。こんなときに一緒に行ってくれる友達……。

ランドセルを開き、一時間目の教科書を準備していると、ニンジン色のノートが目に留まった。

「あ」

その瞬間《しゅんかん》、声が聞こえた気がした。

『やった！　四人で童話リレー、楽しもうね！』

翌日、発表会の土曜日。外はもう真夏みたいに暑くて、青空に真っ白な雲が浮かんでいた。

シンプルなブラウスに、完成したばかりの水玉のギャザースカートをコーディネートしたあたしは、貴家咲絵ちゃんと中高体育館二階の観覧席に座《すわ》っていた。三十センチくらい身長差があるあたしたち。後ろから見ると親子みたいに見えるかも。

昨日、勇気を出して六年生の教室に行くと、咲絵ちゃんはあたしの誘《さそ》いをすぐにOK《オーケー》してくれた。

「いいよ。スポーツ苦手だけど、見るのは好きだから。理瑠ちゃんに付き合うよ」

「ありがと！　咲絵ちゃん」

さりげなく名前で呼ばれたから、あたしもそう呼び返すことにした。

「わたし、新体操見るの、初めて」

始まる前、床に敷《し》かれた新体操用マットを見て、咲絵ちゃんが言う。

「レオタードっていう衣装がすっごくきれいなんだよ。胸元や背中のスパンコールがキラキラしてて。ただ華《はな》やかなだけじゃなくて、曲のイメージに合わせて選んだ衣装なんだから」

「理瑠ちゃんにとっては、ファッションショーでもあるんだね」

「うん、そう！」

あたしはどんなファッションショーのモデルさんより、美月ちゃん推《お》しだ。

だって、いつか美月ちゃんの衣装を手作りするんだから。

発表会開始のアナウンスが流れる。

団体のプログラムから始まり、五人の選手が入場した。それぞれの手には、大きなフープ。

みんな同じ髪形《かみがた》でメイクをしているけど、あたしは一瞬で、美月ちゃんを見つける。

ターコイズブルーのレオタードは、胸元に白い羽根がデザインされていて、美月ちゃんによく似合ってる。

本当は写真を撮《と》りたいけど、撮影《さつえい》は禁止《きんし》。最近女性アスリートの写真がネットで悪用されたりするケースがあるらしい。

こんなにがんばってる姿を、悪い目的に使う人がいるなんて許せない。

でも、悪意なんかぶっ飛ばして、あたしはきれいなレオタードが作りたい。スペシャルパートナーの美月ちゃんが、もっと輝《かがや》くような。

発表会の帰り道、太陽はまだまだ高い。「そういえば」と咲絵ちゃんが口を開いた。

「理瑠ちゃん、童話リレーは、どう？」

一度、消しゴムをかけた童話ノート。今なら書き直せそうな気がする。

「今日帰ったら、書こうかな」

「わー、楽しみにしてる」

にっこりしている咲絵ちゃんを見て、「そうだ」と思いつく。今日のお礼に、咲絵ちゃんにシュシュとか作って、プレゼントしようかな。

電車にゆられながら、童話はこの前と全然ちがうストーリーになりそう、と予感していた。


ある日、ピョンマとうさえが練習していると、

「ねえ、もっとはやく走れる方法、教えてあげようか？」

水玉のリボンをつけたウサギが、現れました。

「きみはだれ？」

「あたし、リルラビ。ミシンで、洋服を作るのが得意なの」

「ねえ、あなたが知ってる方法って、なあに？」

「それはね」

リルラビは、にっこりとして、言いました。

「お気に入りのジャケットを、着ることね！」

「ジャケットだって？」

ピョンマとうさえは、顔を見合わせました。

「そんなことで、はやくなるかなあ？」

「今みたいに、ニンジンを手にかかえたままじゃ、走りづらいでしょ？　だから、背中にポケットのついたジャケットが、必要よ。動きやすくて、おしゃれなジャケットをあたしが作ってあげる」

リルラビは、得意げに、胸を張りました。

「本当!?」

「あたし、走るのはイヤだけど、走ってるウサギに服を作るのは、好きなんだ」

リルラビはふたりのサイズをはかり、一晩で、とびきりおしゃれなジャケットを、作ってあげました。

ふたりがはやく走れますように、と願いをこめて☆

四章

千弦《ちづる》

陸上ことわざコレクション

1

「ぬるい！」

ニンジン色のノートを読んだおれは、思わず叫《さけ》んでしまった。

何なんだ、ピョンマとうさえの練習の生ぬるさは。

もっと本気にならなきゃ、徒競走で優勝できないぞ。おしゃれなジャケットに浮《う》かれてる場合じゃない。

でもまあ、書いたのが、あの三人だもんな……。

このノートは、五年三組の浦野友真《うらのゆうま》から始まって、おれと同じ六年三組の貴家咲絵《たかいえさえ》、そして五年二組の山岡理瑠《やまおかりる》によって、リレーされた。

今朝、昇降口《しょうこうぐち》のおれの靴箱《くつばこ》に水玉模様《もよう》のデカい封筒《ふうとう》が入っていた。何かと思って開けると、このノートだった。どうやら山岡さんが、おれにバトンを渡《わた》したらしい。

そう、おれがアンカーだ。

まずは、ピョンマとうさえの特訓メニューを決めよう。そうだな、スクワットを朝晩十回×三セットくらいか。

食生活の改善《かいぜん》も必要だ。ニンジンだけじゃタンパク質《しつ》不足だから、鶏肉《とりにく》を食べたほうがいい。待てよ、ウサギは肉食だったっけ？

そこまで考えて、ハッとする。

マジになってどうするんだよ、実在《じつざい》しないウサギだっていうのに。

ここだけの話……おれは走ることに関して、かなりアツ苦しいヤツだ。

父親ゆずりのあっさりした顔立ちのせいか、周りにはそんなふうに思われないし、おれも学校ではクールなそぶりをしている。

毎週日曜に通っている陸上教室の仲間はともかく、創スポ小で走ることに本気な同級生は意外と少ない（それよりサッカーや野球のほうが人気だ）。

あんまりアツ苦しいとウザがられる。そうわかってるから、そんな本性《ほんしょう》はしまって、毎日黙々《もくもく》と自主練をしている。

おれは、部屋の壁《かべ》にはった大きな画用紙を見上げる。

《能《のう》あるチーターは足を隠《かく》す》

これはおれが作った、陸上ことわざ№《ナンバー》6。

地上最速の動物といわれるチーター。彼らはきっと自慢《じまん》なんかせず、日々走りの練習に励《はげ》んでいるはずだ。
五年生の初めから作り始めた陸上ことわざコレクションは、今のところNo.30まである。思いついたとき、画用紙に書き足《た》している。
たとえば。
《No.3　走る門《かど》には福来《きた》る》
《No.7　果報《かほう》は走って待て》
《No.11　No《ノー》 Run《ラン》、No《ノー》 Life《ライフ》》
《No.12　犬も走れば棒《ぼう》に当たる》
陸上競技にまるっきり興味《きょうみ》がない高一の姉の千歳《ちとせ》（女子校に通っていて、K《ケー》-POP《ポップ》アイドルの推《お》し活《かつ》に夢中）は、この画用紙を見てあきれた顔で笑っている。でも、そんなの気にしていられない。
なぜなら。
《No.28　五輪の道も一走《ひとはし》りから》
そう、いつかおれはオリンピックにたどり着きたい。目指すのは、もちろん一番輝《かがや》く色のメダル。

イメトレは大事だ。コレクションを眺《なが》めながら、おれは決まってオリンピックに出場する自分を想像する。

『鬼《おに》に金棒《かなぼう》、チヅルにバトン！　これが天下無敵《てんかむてき》のアンカー、鈴木千弦《すずきちづる》の走り！　ゴーーール、金メダルだああ！』

熱《あつ》い実況《じっきょう》を浴びて見事《みごと》金メダルをゲットしたおれは、インタビュアーにこうたずねられる。

『おめでとうございます！　偉業《いぎょう》を成《な》し遂《と》げたチヅルさんの、座右《ざゆう》の銘《めい》は何ですか？』

待ってました、その質問！

ふだんからおれは、スポーツ選手のインタビューを見たり読んだりするのが好きだ。とくに注目してるのは、『座右の銘』ってやつをたずねられたとき。

不撓不屈《ふとうふくつ》、七転び八起き、石の上にも三年。そんなことわざや四字熟語《よじじゅくご》を答える選手もいる。

おれだったら、何て答えよう。何かカッコいいことわざを言いたい。

それも、他の人とかぶるのはイヤだから、自分だけのオリジナルな言葉がいい。

じゃあ、作るしかない！

これが、おれが陸上ことわざを作り始めたキッカケだった。

でも、ことわざが好きなんて、学校で打ち明けるのは渋《しぶ》すぎる。

そんなわけで、インタビューを受けるその日まで、陸上ことわざコレクションは脳《のう》の金《きん》庫《こ》にしまっておく。

2

こんなおれだから、先週初めの、あのポスターのキャッチコピーにひっかかってしまった。

《走るだけがリレーじゃない！》

え、何それ⁉

体育館で遊んでいた中休みの帰り、昇降口を通りかかったおれは、ウサギのポスターの前でぽかんと口を開けてしまった。

運動会前のこの時期、リレーといえば、高学年リレーに決まってる。

今年もアンカーに選ばれた自分にとっては、何だかモヤモヤするキャッチコピーだ。

他に何をやるっていうんだ？　走るリレーじゃダメなのか？

ちょっとケンカを売られたような気になってしまった。

いやいや、短気《たんき》は損気《そんき》、あせらず怒《おこ》らずクールダウン。ことわざはこんなときにも役に立つ。

確かめてみるか。

《5月10日の昼休み、昇降口に集合》

そうして当日。集合場所の昇降口に行ってみたら、ちょっと拍子抜《ひょうしぬ》けした。そこにいたのは、小柄《こがら》な下級生の男子と、同じクラスの貴家さんだった。

意外だった。その男子も貴家さんも、自分たちでメンバーを集めて何かするようなタイプには見えなかったからだ。

二人は、五年生の山岡さんをどうやら勧誘《かんゆう》しているようだった（山岡さんは体操服の丈《たけ》を切ってへそを出したり、レースをつけたりしてる子だから、かなり目立つ）。

「千弦くん、もしかして、参加してくれるのっ？」

おれに気づいた貴家さんが食らいついた。

話を聞いてみると、彼らがやるのは、童話リレーだそうだ。

童話かー、何かナツカシイな。低学年のときに読んでたけど。

童話づくりなんて、この学校にはちょっとミスマッチだけど、周りに悪影響《あくえいきょう》もなさそうだし、まあ別にいいんじゃない？

謎《なぞ》は解《と》けた。もうこれで、校庭に遊びに行けるはずだった。

だけど。

「あと一人なの！　千弦くん、アンカーお願い！」

「アンカー？」

その一言で、おれの心はボッと着火《ちゃっか》された。

「アンカーをやって」という言葉は、おれにとって、「百万円あげる」とか「スマホ買ってあげる」とか、そういう言葉より断然スペシャルな響《ひび》きを持っている。

アンカー、それは、ヒーロー役を頼《たの》まれたといっても過言《かごん》じゃない。

おがむように、パンッと両手を合わせた貴家さんに、

「いや、おれ、神社じゃないんだけど……」。苦笑いしながらも、おれの気持ちはもう決まっていた。

「やるよ、童話リレー」

できるだけそっけなく言ってみた。

気が向いたのか山岡さんも参加を決めて、童話リレーはこの四人ですることになった。何だか人助けにもなったみたいだし、引き受けてよかったかも、なんて思っていた。

でも。

「全然書けねー……」

昨日、ノートを受け取ってから、まだ一文字も進まない。ウサギの特訓メニューを考えたのはいいけど、それを童話にすることができない。三人とも、こんなストーリーが書けて、何気《なにげ》にすごいな。

これ、いつになったら完成できんのかな。卓上《たくじょう》カレンダーを見やると、明日の日付に赤い丸が付いている。

そっか、いよいよ明日だ。

ちょっと緊張《きんちょう》を感じていると、「入るよ、千弦」と母さんがドアから顔を出した。

「さっき市役所の人から、明日の確認《かくにん》の電話があったよ。表彰《ひょうしょう》のときに、一言《ひとこと》よろしくお願いしますって」

「一言？　おれがしゃべるの？」

「うん。感想とか、今後の抱負《ほうふ》とかを話してくださいって。緊張するでしょうけど、せっかくの晴れ舞台《ぶたい》なんだから、何か考えといてね」

晴れ舞台。

そう、明日はおれの表彰式だ。

一カ月ほど前、一本の電話がかかってきた。

「千弦！　子ども市民表彰に選ばれたって！」

そのときも母さんはスマホを握《にぎ》りしめて、おれの部屋に入ってきた。

「シミンヒョーショー？　何それ」

「市長さんから賞状《しょうじょう》をもらえることになったのよ。毎年、全国規模《きぼ》大会で優勝したりした地元の小中学生を表彰してて、それに千弦が選ばれたんですって。ほら、三月の全日本子ども陸上大会の五年生の部で、優勝したでしょ。それが評価《ひょうか》されたの」

母さんの満面《まんめん》の笑みを見て、二カ月前の記憶《きおく》がよみがえる。

全国から小学生が集《つど》う陸上大会で、百メートル走に出場したおれは、だれよりも先にゴールに飛びこんだ。

「マジか……」

うれしいというより、おどろきのほうがデカくて、おれはぽかんとしてしまった。

「表彰式は五月二十日、金曜日の夕方よ。千弦の学校帰りに待ち合わせて、一緒に市役所に行きましょ」

「え、母さんもくるの？」

「当たり前じゃない！　息子《むすこ》の晴れ姿を写真撮《と》らなきゃ」

母さんは「あ、お父さんと千歳にも伝えなきゃ」とスマホでメッセージを打ち始め、家族どころか親戚一同《しんせきいちどう》に連絡しまくっていた。

表彰式はまだまだ先だと思っていたけど、気づけばもう明日だ。

「一言か……」

おれは、陸上ことわざコレクションを見上げる。

これって、座右の銘を紹介《しょうかい》するチャンスなんじゃないか⁉

オリンピックのインタビューまで脳の金庫にしまっておこうと思ってたけど、子ども時代から同じ座右の銘を使い続けるのもわるくない。

『おれの座右の銘は……』

ああ、どれを紹介しよう？

目をつぶると、陸上大会に向けて特訓した日々がよみがえる。ゲームも旅行も我慢して、地道にがんばってきた。

そうだ、あれにしよう！

おれはガッと目を開く。まっすぐ見つめるのは、

《No.5　努力最強》。

努力は最強だ。才能より環境《かんきょう》より運より、努力は一番の武器《ぶき》になる。そう信じてる。

だけど。

ほんの一《ひと》かけら、苦《にが》いチョコをかじったような気持ちで、おれは五年生の一学期の終業式を思い出す。

その日、門倉紗都美《かどくらさとみ》が転校した。

帰りの会で、学級委員のおれともう一人の女子が、メッセージカードと花束《はなたば》を渡すことになった。

転校の理由を「おうちの事情」と先生は説明した。

門倉さんは貴家さんとよく一緒にいて、おれはあんまり話したことはなかったけど、正直ちょっと残念だった。ぱっつん前髪《まえがみ》の下のデカい黒目や、よくとおる声は、嫌《きら》いじゃな

かったから。

「新しい学校でも、がんばってください！」

黒板の前でそう言って、リボンでとじたみんなのメッセージカードを差し出した。カードの表紙には大きな文字で《努力すれば道は開ける！》。五年三組のスローガンをおれが書いたものだった。

四月にみんなで決めた、このスローガン。

新たな門出《かどで》へのエール！　そんな気持ちで差し出したんだ。

でも。

「努力バカ」

メッセージカードを受け取った門倉さんはつぶやいた。それは拍手《はくしゅ》にかき消されるようなボリュームだったけれど、真正面のおれにはしっかり聞こえた。

え？

おれは動揺《どうよう》した。でも、目に涙を浮かべるもう一人の学級委員には、聞こえなかったようだ。

何だ、今の言葉⁉

帰りの会が終わった後、門倉さんに話しかけた。だってこのままだとモヤモヤするだろ？

「あのさ、さっきのって、どういう意味？」

「さっきの？」

「その……努力バカって」

「ああ。努力ばっかり、を略して努力バカ。がんばれがんばれって、そればっかり言ってる人たちのこと」

「その略し方って何だよ、バカにしてる」

努力馬鹿《ばか》。漢字にしたら四字熟語みたいじゃないか。おれの陸上ことわざコレクションには絶対入らないぞ。

おれはムキになってしまった。

「がんばらなきゃ、夢はかなわないだろ？」

おれの父さんは学生時代、短距離走《たんきょりそう》の選手だった。数々の大会で記録を残したけど、あと一歩のところでオリンピックには出場できなかった。

父さんだってもちろんがんばったと思うけど、おれはもっとがんばるつもりだ。オリンピックへの切符《きっぷ》は、きっとその先にある。

「いいよね、千弦くんはがんばれて。でも、努力しようとすると苦しくなっちゃう人だっているんだよ」

門倉さんの席には、ランドセルの他にも大きな紙袋《かみぶくろ》が二つも置いてある。明日から門倉さんはこの学校にいないいんだなって、このとき急に実感した。

「わたし、公立の小学校に転校するの。スポーツの得意な子ばっかりじゃない、フツーの学校。おうちの事情なんかじゃない。もう、がんばれとか言われたくない。努力努力って、バカみたい」

いや、ちがう。

バカなのは、門倉さんを可愛いなんてちょっとでも思っていた、おれだ。

その日、おれは家に帰ると、ひときわ力を込めて画用紙に書いた。

《No.5　努力最強》

こうして、「努力馬鹿」に対抗する四字熟語として、陸上ことわざコレクションに加わった。

明日の表彰式に一番マッチするのは、この言葉だ。

なのに、何で苦い気持ちになるんだ?

「ちょっと走ってくる」

「夕飯までに帰ってきてねー」

母さんの声を背に受けて家を出る。準備体操もせずに全速力で走る。今日は曇《くも》っていて、空気がねっとり熱い。

腕《うで》を大きくふって、ももをしっかり上げて、目はまっすぐ前を向いて。父さんや地元の陸上教室で教えこまれたフォームだ。

生まれたときから住んでいる、走り慣《な》れた街。創スポ小からは、電車で二十分ほどの場所だ。大型ショッピングモールのある最寄《もよ》り駅までは、毎朝ランドセルを背負って走っている。

そういえば、この市には何人くらい住んでるんだろ？　大きな市だから、たぶん何十万人とかいるよな。

ってことは、子どもだけでもかなりの数だ。

おれ、そんなたくさんのなかから選ばれたのか。マジかよ、これってすごくないか⁉

表彰なんて、今までどこか人ごとのようだったけど、グレープフルーツを頬張《ほおば》ったような、甘酸《あまず》っぱい実感がジュワッと広がる。

努力最強、努力最強、努力最強。

さっきまでの苦い気持ちが、風に飛ばされ、後ろに流れていく。

楽しい。やっぱ走るの、めちゃくちゃ好きだ。

3

表彰式当日の昼休み。今日は朝からずっとソワソワしていた。

「千弦くん。久しぶり」

学校図書館に行くと、浜島さんに話しかけられた。

「今日、表彰されるんだってね、おめでとう！」

「浜島さんも知ってたんですか」

「今朝、職員会議で聞いたんだよ。千弦くんはホントすごいねえ」

おれが表彰されることは、朝の会で、担任の先生からクラスのみんなにも発表された。

「やべーっ」

「さすが、短距離走のモーシゴだな」

「賞金は一億円《おくえん》ですか⁉」

教室にドワッと歓声《かんせい》が湧《わ》いた（ちなみに、賞金はない）。

周りに祝《いわ》ってもらうのは、もちろんうれしくないわけじゃないけど、照れくささのほうが勝ってしまう。

「廊下《ろうか》にはってあった本って、ありますか？」

だから、おれは話題を変えた。

それがココを訪《おとず》れた理由だし。

今日の二時間目、理科室への移動で廊下を歩いていたとき、図書館の前を通りかかった。

すると、『今月の新しい本』というプリントがはってあった。いつもなら「ふーん」ってチラ見して通り過ぎるけど、今日は一冊のタイトルに目が引きつけられた。

『令和の一流スポーツ選手　最新名言集』

よ、読みたい！　陸上ことわざコレクションの参考になりそうだ。

そういうわけで、昼休み、おれはめずらしく学校図書館にやってきた。

「新着本コーナーにあるよ」

浜島さんが、切り絵飾《かざ》りでディスプレーされた棚《たな》を指し示した。

やった！　心のなかでガッツポーズをする。

その本の貸し出し手続きをした後、おれは何となく、「物語」のジャンルが並ぶ本棚を眺めた。

そういえば、今日は童話リレーのことを忘れていた。

思わず本棚の前で、ひとり言をつぶやくと、

「やばいなあ……」

「どうしたの？」

浜島さんに聞こえていたらしい。

「ちょっと、変なアンカーになってしまいまして」

「変なアンカー？　千弦くんが、今年も運動会のリレーに出るっていうのは知ってるけど。何か困ってるの？」

浜島さんの声がジョウロからサラサラまかれる水のように、おれに優《やさ》しく降ってくる。

「いや、そっちじゃなくて……」

童話リレーのことは、メンバー以外だれとも話していない。下手にクラスの友達に話して、女子と交換《こうかん》日記をしてるとか勘《かん》ちがいのウワサを立てられたら困る。とくに、貴家さ

んは同じクラスだし。

でも。本に囲《かこ》まれている浜島さんなら、いい解決《かいけつ》方法を知ってるかもしない。

「あの、いきなりですけど」

よし、とおれは顔を上げ、視線を合わせた。

「浜島さん、童話って書いたことありますか？」

おれはアンカーという言葉につられて、童話リレーに参加したことを告白した。

「なるほど。それで千弦くんは走らないアンカーになったわけね」

「一文字も書けません……」

すると、

「ため息なんかついちゃって。『陸《おか》へあがった河童《かっぱ》』状態《じょうたい》ね」

浜島さんがおかしそうにクツクツ笑った。

「オカへあがった河童？」

「そう。河童は水のなかだと自由に動けるけど、陸にあがると、お皿が渇《かわ》いて力が出せなくなっちゃうでしょ？　自分に合った環境じゃないところに行くと、うまく活躍《かつやく》できないって意味のことわざだよ」

「へえ……」

そんなことわざは初めて知った。

確かに、同じリレーでも、走るときは体を軽く感じるけど、童話を書こうとするとへとへとになってしまう。

「私は物語を書いたことないけど、童話や小説の書き方の本ならあるよ」

探してあげるね、と浜島さんは別の本棚に移動した。

「童話リレーなんて、おもしろそう。がんばって！」

その声は楽しそうに弾《はず》んでいる。

がんばって、か。好きなはずのその言葉が、何だかズシッと重かった。


表彰式は夕方四時からだ。

下校して、三時半に地元の駅に着くと、すでに母さんが改札《かいさつ》で待っていた。

「ちーづるー！」

こっちに大きく手を振る。やめてよ、他人のふりしていいですか？

「今日、スマホとデジカメ両方持ってきちゃった」

「何で。スマホのカメラだけでいいじゃん」

「だって晴れ舞台だもん。昔、お父さんの応援《おうえん》してたころを思い出しちゃうな」

母さんは、姉と同様、陸上競技とは無縁《むえん》の人だ。でも、父さんとは高校の同級生で、大会の応援には欠かさず行っていたらしい。オリンピックにも出てほしかっただろうな。その夢は、父さんからおれに託《たく》されている。

駅から歩いて数分のところに市役所はある。ここの会議室が会場だ。

会議室の入り口に受付があって、スーツ姿の男性が立っていた。

「こんにちは。お名前をよろしいでしょうか？」

「鈴木千弦です」

「お待ちしておりました。どうぞ、なかへ」

大人にかしこまった態度で案内されるなんて、旅館に泊《と》まったときくらいだ。非日常の世界って感じだぞ。

「鈴木くんはこちらにお座《すわ》りください。お母様は関係者席へどうぞ」

おれは、「A市こども市民表彰」と書かれた横断幕《おうだんまく》の正面に並ぶイスに案内された。

「じゃあ、お母さん、あっちで見てるからね」

「あー、うん」

めずらしくヒールの高い靴《くつ》をはいている母さんを見送り、おれは着席する。並んでいるイスは全部で五脚《きゃく》。

表彰される人は、五人いるってことか。もうすでに、制服姿の中学生が二人着席している。何をして表彰されることになったのかな。

まもなく、もう一人が表彰者席に座った。高校生みたいにガタイがいい。ラグビーとか柔道《じゅうどう》をやっていそうだ。

おれは昨晩練習した、一言コメントを脳内再生する。

『おれの座右の銘は、自分で作った努力最強という四字熟語です。練習がキツいときも、足をケガしたときも、これを自分との合言葉にしてがんばってきました。これからも、応援よろしくお願いします！』

よし、バッチリだ。

会場の時計が三時五十九分を指す。

「すみませーん、遅《おそ》くなりまして！」

入り口で、女性の大きな声がした。

あーもう、せっかくの表彰式なのにバタバタしちゃって。これが大会だったら出場できないかもしれないぞ。

心のなかでつぶやきながら、おれは新しいことわざを思いついた。

《No.31　時は金メダルなり》

時間を制する者が、金メダルを制する。もしレースに遅刻《ちこく》したら走れなくなる。

そんなドジ、おれはふまないぞ。

どんな人かな、と入り口をチラリと見やったとき。「えっ」と思わず声を出しそうになった。

そこにいたのは、赤い着物姿の……門倉紗都美⁉

いや、そっくりさんか？　さっきの大きな声の主と思われる女性は、どうやらその母親みたいだ。

係の人が、その女子をおれの隣《となり》に案内する。

「じゃあ、門倉さん、こちらの席にどうぞ」

本人確定。門倉なんて、そんなにある名字じゃないよな。

門倉さんが同じ市に住んでるなんて、知らなかった。

走ってもいないのに、心臓が勝手にバクバクと鳴りだす。

ていうか、門倉さんはいったい何で表彰されるんだ？　あんなに努力をバカにして転校したのに。

努力もせずに表彰されるなんて、めちゃくちゃくやしい。おまけにどうして着物なんだよ、七五三かよ。

「では、定刻になりましたので、今年度のA市子ども市民表彰を始めます」

司会者のキリッとした声が会場に響く。

「それでは、一人ずつご紹介します。紹介されたら、市長の前にお進みください。全員の賞状授与《じゅよ》が終わったら、一言をお聞かせください」

司会者の説明の言葉も、耳の表面をすべっていく。

五十音順で、門倉さんはおれの前に呼ばれた。

「岡川《おかがわ》小学校六年、門倉紗都美さん。門倉さんは、小学生創作落語《らくご》コンクールで、審査員《しんさいん》特別賞を受賞されました」

門倉さんが、落語!?

まるで、久しぶりに再会したバレリーナが、柔道選手に転身していたレベルのおどろきだった。落語って座布団《ざぶとん》の上で語る、あれだよな？　門倉さんって、そんなことするキャラだったのか？　ていうか、だから着物だったのか。

門倉さんはすっくと立ち上がり、市長の前に進み出た。

「表彰状、門倉紗都美様。以下同文です」

市長におじぎをした門倉さんは、くるっとこちら側をふり向き、もう一度ぺこりと頭を下げた。

ぱっつん前髪は昔と変わらないけど、はにかむような笑顔は初めて見た。不覚にもドキッとする。

「続いて、創体スポーツ大学付属小学校六年、鈴木千弦くん」

「あっ、はい」

あわてて返事をした。気を取り直して、背筋をのばして賞状を受け取る。

「では、表彰されたみなさんから、一言ずつお願いします」

きたっ。

『おれの座右の銘は……』

頭のなかで最終リハーサルをしようとするけど、集中できない。門倉さんはどんなことを言うんだろう？

自分の番になった門倉さんは立ち上がる。

「わたし、努力って嫌いなんです」

門倉さんの第一声に、会場の誰もが「んんっ？」と耳を疑《うたが》ったはずだ。

おれ以外は。

ああ、門倉さん。ここでもそれを言うのか。

「努力すれば何でもできる、とかって言いますけどね、あれは子どもだましのウソだと思うんです。わたし、前の学校でがんばったって逆上《さかあ》がりはできなかったし、二重《にじゅう》とびもできなかった。がんばりが足りないのかなって思うたびに、それはもう落ちこんでいたんです」

気づけば、会場はしんと静まって、門倉さんにみんな引きつけられている。ここが寄席《よせ》であるかのように、門倉さんはしゃべり続ける。

おれはふと、教室の隅《すみ》で、いつも貴家さんとしゃべっていた門倉さんを思い出す。

あのスローガンに見下ろされた教室で、どんな気持ちでいたんだろう。ちょっとおれには想像できない。逆上がりと二重とびなんて、ほんの二、三回練習すればクリアできたから。

「でも」と、門倉さんは言葉を強めた。

「好きなことだとちがう、って気づいたんです。わたしにとって、落語だけは特別でした。五年生の秋ごろ、学校で落語教室って授業があったんです。落語家さんの話に、それはもう笑って、自分でも演じてみたくなっちゃったんです。努力なんて嫌いなんですよ、でも気づけば、落語の本やCD《シーディー》を借りて、毎日練習しちゃってるんです。そんな自分がコッケイだなーと思って、『がんばらん太』っていう落語を作りました。何にもがんばりたくないって思ってる、らん太が、気づけば『がんばらないことをがんばってる』ってオチなんですけどね。そんな落語をがんばって演じて、今日賞状をもらえるなんて、何だかこっちがほんとのオチみたいです。これからも、がんばりたくないけど、まあがんばります」

すとんっ、と門倉さんは涼《すず》しい顔で席に着いた。

会場からクスクスと笑いが起こる。パチ、パチパチと遠慮《えんりょ》がちに、拍手がだんだんと広がっていく。司会者は「まいったな」とでも言いたそうな苦笑いだ。

「ユニークなコメントをありがとう。じゃあ、次は鈴木くん」

おれは、こみ上げる笑いをこらえながら立ち上がる。

「はい。えーっと、おれの座右の銘を紹介します。それは……」

まったく、門倉さんは。

がんばりたくないのにがんばっちゃってるなんて、ざまーみろ。

そっちも、人のこと言えないじゃん。

おれは落語なんて全然知らない。だけど「それが好き」って気持ちなら、よくわかる。

案外、おれたちは似た者同士なのかもしれないな。

だから。門倉さんと自分にこの言葉をささげる。

「努力馬鹿です！」

そう叫ぶと、サイダーの缶《かん》を開けたときみたいに、腹《はら》の底からシュワッとした。

4

「あの、久しぶり」

表彰式の終わりに、記念撮影《さつえい》の時間があった。

前後二列に並ぶよう指示され、前列にはまずおれたち表彰された子どもが五人。なかでも最年少の門倉さんとおれは、中央のパイプ椅子《いす》に座ることになった。

スーツ姿の大人たちが、立つだの座るだのと写る場所をゆずり合っているなか、おれは前を向いたまま、隣に座る門倉さんに話しかけた。

「門倉さんが同じ市に住んでるなんて、知らなかった」

「わたしは、一年生のころから知ってたよ」

「マジで？」

「朝、ランドセルしょって駅まで走ってるの、見かけたことあるから。遅刻でもないのに走るなんてバカみたいって思った」

「まー、努力馬鹿ですから」

「だけど、わたしも今、落語をそらんじながら学校まで歩いてる。いい勝負だね」

おれはふと首を回して、門倉さんを見る。

ばちっと目が合い、おれはあわてて前方に視線をもどす。

どんなふうに、落語の高座《こうざ》で演じるんだろう。

いつか門倉さんの落語を聞きに行きたいな。

そう思ったけど、それを口に出せるほど、おれは子どもでも大人でもない。

この先、門倉さんに会えることってあるのかな。

おれはまだＳＮＳもやってないし、進学する中学もちがう。おれらの進む道がどこかで交わる可能性は、限《かぎ》りなく低い。

「はい、じゃあ撮りますよー。みなさん、こちらを見てくださーい」

カメラをかまえた若い係の人が、こっちに手をふる。

写真用のぎこちない笑顔を向けたとき、右耳に門倉さんがささやいた。

「がんばって。いつか、陸上がお題の落語を作ってあげる」

え？

カシャッ。思わず顔を赤くしたおれを、カメラが切りとった。


月曜日の朝。おれは、ロッカーにランドセルをしまっている貴家さんに声をかけた。

「おはよ。ちょっと聞きたいことあるんだけど」

ふだんあんまり会話することもないからか、しゃがんだまま貴家さんは一瞬《いっしゅん》ぽかんとした。今日はめずらしく、水色のシュシュで髪をちょこんと束ねている。

「どうしたの？　あ、童話リレーのこと？」

「いや、そうじゃなくて。貴家さんってさ、去年転校した門倉さんと仲良かったよね？　門倉さんが落語やってること、知ってた？」

「あっ、サトちゃんね」

貴家さんの顔に笑みが広がる。

「知ってるよ。親のスマホ借りて、たまに連絡取ってるから。それにサトちゃん、ユーチューブチャンネル始めたし」

「ユーチューブやってんの⁉」

「うん。自分の作った落語を披露《ひろう》してる」

昨日、いつか門倉さんの落語を聞いてみたいなんて、未来に思いをはせてしまったけど、手のひらで見られるのか。

あっけなくかないそうだ。

「貴家さんは見たことあるの？」

「うん。正直、サトちゃんばっかり楽しそうでうらやましくて、見たくないときもあったけど。今はもう大丈夫《だいじょうぶ》。応援してるよ」

貴家さんは立ち上がって、ピンと背筋をのばす。

「なになに？　二人でナイショ話？」

ランドセルをしまいに来た春奈が割《わ》りこむと、

「ちがうよー、ナイショとかじゃないし！」

「えー？　咲絵、あやしーなあ」

二人できゃあきゃあ勝手に騒《さわ》ぎ出した。面倒《めんどう》くさいことになる前に、おれは静かにその場をはなれる。

あれ、そういえば。貴家さんのあだ名って「たかっち」じゃなかったか？

ふとふり返ると、貴家さんと春奈は、ウサギみたいにぴょこぴょこジャンプしていた。


その日、家に帰るとおれは制服のまま、机に放っておいたニンジン色のノートを開いた。自主練に出かけるまでは、まだ少し時間がある。

なんてぬるいウサギだ、と腹が立っていた童話。今もう一度読むと、ちょっと印象《いんしょう》が変わっていた。

ピョンマとうさえががんばりたいのは、本当に走ることなのか？

問いかける気持ちで、おれはシャーペンを握った。

ジャケットを着て練習を始めたふたりと、それを応援しているリルラビ。

すると、向こうから、黒い斑点《はんてん》を持つウサギが、ビューンッと走ってきます。

「あ、チーターラビットだ！」

うさえが気づきました。

チーターラビットはその名の通り、まるでチーターみたいに、足のはやいウサギです。

それもそのはず。今度の徒競走のために、毎日ほかのどのウサギよりもたくさんの練習をしています。

「よくあんなにがんばるねえ」

ピョンマが言いました。

その声が聞こえたチーターラビットは、立ち止まって答えました。

「おれは、走ることが好きだからね。好きなことなら、がんばれるんだよ」

「好きなことかあ……」

「ねえ、ピョンマ。きみの好きなこともおしえてよ」

書きながら口元がゆるんでいた。

ピーターラビットならぬ、チーターラビット。われながら、なかなかいいネーミングだ。

どうやら、人によって、がんばれることはちがうらしい。

だって、門倉さんはスポーツをがんばれないし、おれだって、落語をがんばろうなんて全然思わない。

どんなことでもがんばれる、オールマイティーな努力家なんて、きっといないんじゃないかな。

自分ががんばれる何かを見つけた人が、努力家なんだ。見つけちゃったら、あとはもうバカみたいにがんばるしかないんだ。

きっと、このウサギたちも同じだ。

ピョンマは走るより、もっと他に好きなことがあるはず。洋服を作るのが好きなリルラビみたいに。

ていうか、ピョンマって、あの子だよな。

それなら。このリレーにふさわしいアンカーは……。

翌朝、朝の会のチャイムが鳴る前に、おれは五年三組の教室に向かった。一学年ちがうだけなのに、何だかみんなコドモに見える。去年の六年生たちもそう思っていたんだろうか。

「おはよ」

おれが右手に持ったノートをかかげると、水槽のカメを見ていた友真くんは深くおじぎした。おれが上級生だからか、緊張しているのがわかる。

「おはようございますっ」

「童話リレー、書いたよ」

「ほんとっ？　やった、これでゴールですね」

「いや、ゴールはしてない」

「え……？」

友真くんの顔にうっすら不安がにじむ。

「このピョンマって、友真くんなんだろ？　だったら、友真くんが結末を書いたほうがいいよ」

「でも、アンカーは千弦くんだって、みんなで決めたし……」

「交代しよう。この童話リレーのアンカーは、友真くんなんだよ」

そう。このリレーのアンカーはおれじゃない。今ならそれがよくわかる。

「みんなで書いた物語をゴールさせるなんて……。そんなの、ぼくにできるか……」

「できる」

友真くんが語尾《ごび》に「な」をつける前に、おれは言い切った。

「きっと、努力馬鹿になれる」

「どりょくばか？」

ぽかんとしている友真くんに、ニンジン色のノートを差し出す。

「はい、バトン。貴家さんたちには、おれから説明しておくから」

友真くんの肩越《かたご》しに、窓の外の青空が見える。

運動会は来週末だ。よし、昼休みには高学年リレーのメンバーを誘《さそ》って、バトンパスの練習を始めよう。

おれの足は、走り出したくてうずうずしていた。

五章

友《ゆう》真《ま》
ぼくたちの
ハッピーエンド

1

「ねえ、ピョンマ。きみの好きなこともおしえてよ」


「えっ、ここから書くの？」

教室でノートを読んだぼくは、思わず声に出してしまった。予想外のストーリー展開。だけど……何だかワクワクする。

「童話を書くこと」＝「一人ですること」だと思っていた。

この童話を書き始めたとき、一人でストーリーを思いついたり書いたりするのが、おもしろかった。頭のなかで物語の世界が広がっていくのは、自分だけの楽しみだった。

でも、こうしてだれかとリレーしてみたら……。

もっと楽しい、かも。

だって、自分では思いもよらない物語が、繰《く》り広げられている。

最初、ピョンマはひとりで足が遅《おそ》いことをうじうじ悩《なや》んでたのに、いつの間にか友達ができて、お気に入りのジャケットも作ってもらった。ぼくの知らないうちに、ピョンマはいろんなことを体験してきた気がする。

ああ、どんな結末にしようかな。

最初の予定では、「なんと、あの足の遅かったピョンマは、一番でゴールしたのです！めでたしめでたし」だ。

でも……。

なぜだろう。このノートを読んでいると、その結末は、何だかしっくりこない気がするんだ。


その日は、早く帰宅《きたく》できたお父さんと、お母さん、三人そろっての晩ごはんだった。

お母さんは、近所のホームセンターで週に数回働いている。仕事の日はスーパーで買ったお惣菜《そうざい》が並ぶけど、休みの今日は、ぼくの好きなケチャップソースのハンバーグだった。

テレビを見ながらハンバーグを食べていると、お母さんが言った。

「友真、今度の土曜日、啓《けい》ちゃん親子と会うことになったわよ」

「え⁉」

壁《かべ》にかかったカレンダーを見て、ぼくはあわてた。今週土曜日は、運動会のちょうど一週間前だ。

《友《ゆう》くん、今年リレーの選手になって！》

四月にキッズケータイに届いた、啓太《けいた》のメッセージを思い出す。

リレーの選手に選ばれなかったことは、啓太にまだ話していない。

どんな反応《はんのう》をするだろう……。

いや、でも。

ぼくは、ぼくたちの童話リレーをしてる。

あれを啓太に見せよう。もし自分一人で書いたなら、童話なんてはずかしくて見せられない。でも、四人でつないだ、あのノートなら。

「友真……、気にしなくていいのよ」

黙《だま》っていたぼくに、ふとんをかけるような優《やさ》しい声で、お母さんが言った。

「え、何を？」

「何をって、去年のことよ。ほら、あんな約束しちゃったから。でも、啓ちゃんもきっともう忘れてるよ。リレーの選手なんて、別にならなくたっていいんだから」

それが忘れてないんだよな。お母さんには、啓太からメッセージが届いたことは話してない。

「気にしてなんかないよ」

ぼくはもう一度、心のなかで唱えた。

ぼくは、ぼくたちの童話リレーをしてる、って。

そう言う代わりに、大きく口を開けてハンバーグとごはんをかきこんだ。

今から急いで部屋にもどって、ノートを書こう。啓太に会うまでに、童話リレーを完成させなくちゃ。

「ごちそうさま！」

ぼくが立ち上がったとき、

「なあ、友真」

やりとりを聞いていたお父さんに呼び止められた。ビールのグラスをトンとテーブルに置き、ぼくに「まあ、もう一回座《すわ》れよ」と言った。

「九月から転校しないか？」

「え」

クガツカラテンコーシナイカ？

いきなり、何の話？

きょとんとするぼくを見て、お父さんは言い直した。

「二学期から、別の私立小学校に転校しないか？」

「ええ⁉　何それ！」

何で急に。ぼくは、テーブル越しにお父さんのほうへ身を乗り出した。

「実は、去年くらいから思ってたんだ。創スポじゃ、友真の良さが生かせないんじゃないかって」

むーんとうなって、お父さんは腕組《うでぐ》みをした。

「ぼくの良さ？」

「うん。最初は、丈夫《じょうぶ》でスポーツの好きな子になってほしいと思って、あの学校に入れたけどさ。でももう、ぜん息は治ったんだし。友真は、体育より勉強のほうが好きだろ？」

「好きってほどじゃ……」

そりゃ、体育より算数や国語の方が成績《せいせき》はいい。でもそれは、体育があまりに苦手だから。とくべつ頭がいいってわけじゃない。勉強が得意とか好きとかいうんではないんだ。

「そこでだ。勉強に力を入れてる私立小学校に転校すればいいんじゃないか、とお父さんはひらめいた。調べてみたらさ、この近くでいくつかの私立小学校が欠員募集《ぼしゅう》してるんだ。そういうところに入れれば、高校までエスカレーター式で上がれるし、大学への進学率もいい。オリンピック選手は無理でも、ノーベル賞が狙《ねら》えるかもしれないぞ」

ビールで頬《ほお》を赤くしたお父さんは、ワハハッと笑った。

オリンピックか、ノーベル賞……。お父さんの思考回路は、北極か南極かっていうくらい、単純《たんじゅん》で極端《きょくたん》すぎる。

「ちょっと、その話は運動会の後って決めてたでしょっ」

お母さんがお父さんの腕をこづく。

ちょっと待ってよ。ていうことは、前から両親はそう計画してたってこと？

「早いほうがいいと思ったんだよ。七月に編入《へんにゅう》試験もあるしな」

「試験⁉」

ぼくはあわてた。

「身構《みがま》えることはないさ。実力試《だめ》しのつもりで受けてみればいい」

「それって、落ちたらどうなるの？」

「そのときは、そのとき。近所の公立小学校が受け入れてくれるさ」

完全に開き直ったお父さんは腕組みのままだ。それをにらんだお母さんは、ぼくに向かって眉《まゆ》をくにゃんと下げて笑った。

「突然《とつぜん》ごめんね、友真。ゆっくりでいいから、転校のこと考えてみてくれる？」

「ゆっくりでいいけど、なるべく早くな」

ぼくが、二学期に転校する……。

どうやらそれは、もうほとんど決まりらしい。

小学校受験の日に、なんでとび箱をとべてしまったんだろうって、ずっと思っていた。あのとき失敗していたら、ぼくは公立の小学校に入学して、パッとしない運動神経に悩まずにすんだかもしれない。

いっそこんな学校やめたいと思うことは、何度もあった。

でも、勝手に決めるのはちがうよ……。

まるで、レストランでトイレに行っている間に、お父さんにメニューを決められたような気分だ。ぼくが何を食べたいと言う前に。

ぼくが、ホントに好きなことは……。

「決めつけないでよ！」

ぼくは立ち上がり、自分の部屋へもどってドアをバンッと閉めた。

机の上には、書こうと思って開いたままのノートがある。

「ねえ、ピョンマ。きみの好きなこともおしえてよ」

そんなの、親には言えないよ。

2

待って、まだ待って。

そう願っていても、約束の土曜日はきてしまった。

童話リレーを完成できていない。

お父さんに転校のことを聞かされてから、全然書けない。

これじゃ、啓太に見せられないな……。そう思いながらも、一応ニンジン色のノートをリュックに入れて、家を出た。

電車に乗って二駅で、毎年ぼくたち親子が会うファミレスに着く。かつて入院していた病院のある街だ。

啓太たちは先に着いていた。窓側のテーブルで、啓太ママがぼくたち親子に手をふる。

「あっ、友くん！　ねえリレーは⁉」

会うなり、啓太は目を輝《かがや》かせた。わ、いきなりその話かよ。

「いや、えーっと……ダメだった」

「え～？」

啓太は肩《かた》を落とし、遠足が雨で中止になったような顔をした。

もう一つのリレーをしたんだよ。本当はそう言えるはずだったんだけどな……。

だけど、そんなのは言い訳だ。

ふくれっ面《つら》をしていた啓太も、オムライスが運ばれてきたころには機嫌《きげん》が直った。

ランチを食べて、デザートを食べて。お母さんたちがおしゃべりをするかたわら、啓太とぼくはゲーム機で遊び始めた。

「へえ、啓ちゃん、もう塾《じゅく》に通い始めたの？」

「そう。中学受験するなら、早いほうがいいかなと思って」

ゲームをしながら、お母さんたちの声が耳に流れこんでくる。ふーん、啓太、中学受験するんだ。

「旦那《だんな》さん、お医者さんだもんね。啓ちゃんも優秀《ゆうしゅう》なんだろうなあ」

「どうかなー。啓太が医学部に行きたいかも、まだわからないけどね。友くんは、そのまま創スポの中学校に上がるんでしょ？」

「うーん……考え中って感じ」

お母さんはまた眉を下げ、チラッとこちらに視線を投げかけた。

ここで編入試験の話をすることを、ぼくに遠慮《えんりょ》してるらしい。

何だか、むずむず居心地《いごこち》が悪くなった。

「啓太、ちょっと外行こ」

ぼくはゲームを中断して立ち上がる。

「いいけど。外って公園？」

啓太がぼくを見上げる。

「あら、公園行くの？」

「降り出すかもしれないから、友真、二人分のレインコート持って行きなさい」

お母さんから持たされたレインコートをリュックにつっこむとき、ノートのニンジン色がちらっと見えた。

ぼくたちはファミレスを出る。

まだ梅雨入《つゆい》り前だというのに、空は今にも雨粒《あまつぶ》をこぼしそうだ。

大通りをちょっと歩くと、アスレチック遊具のある公園に着く。この天気のせいか、他に遊んでいる子はいなかった。

クモの巣みたいなネットを登りながら、ぼくは聞いてみた。面と向かってじゃないほうが、何だか聞きやすくて。

「啓太さ、何でそんなに、ぼくにリレーの選手になってほしかったの?」

「……願《がん》かけ、してたから」

「願かけ?」

「友くんがリレーの選手になったら、きっとぼくの夢もかなうっていう、願かけ」

予想外の言葉が返ってきて、ぼくは思わず啓太のほうに顔を向けた。

「それって、どんな願いごと?」

「……べつに。大《たい》したことじゃないし」

啓太はこっちを見ず、ネットに張りついている。

去年から一年間覚えてるくらいの願いごとだ。大したことなんじゃないのか？　ファミレスでがっかりしていた啓太の顔を思い出す。

ここで終わらせちゃいけない気がする。

ネットを登りきると、反対側は幅広《はばひろ》のすべり台になっている。

すべり台に乗ろうとする啓太を「ちょっと待って」と止め、ぼくはリュックからノートを引っ張り出した。

「ねえ啓太、これじゃダメかな？」

「何それ？」

「ぼくと……三人の仲間で書いてる、童話のリレーなんだ」

仲間。その言葉を使うのは、ちょっと照れくさかった。

「『森のウサギの徒競走』……？」

最初のページを開いた啓太がつぶやく。

「ごめん、啓太。ホントは……」

あー、こんなこと、弟みたいな啓太に言うのはめちゃくちゃはずかしい。できることなら、入院してたときの〝頼《たよ》れる友くん〟でいたい。

でも、カッコつけてもしかたない。

「ぼく、走るの苦手なんだ。走るのだけじゃない。ドッジボールも鉄棒もダンスも、体育はほとんど全部ダメ。リレーの選手なんて夢のまた夢で、クラスでたぶん一番足が遅い」

だけど、とぼくは言葉を強めた。

「ヘンなきっかけで、学校の仲間と一緒に童話リレーをすることになったんだ。ホントは、今日までにこの童話を完成させて、啓太に見せるつもりだった。ぼくたちは走る代わりに、こんなリレーをしたよって」

啓太はノートを受け取ると、パラパラとめくり始めた。

「何日か前に、親にいきなり転校しようって言われて。それから何だか童話が書けなくなっちゃったんだ。だから、この童話リレーはまだゴールしてない」

ページをめくっていた啓太の手が止まる。

どんな反応が返ってくるかな。いてもたってもいられなくて、すべり台に乗った瞬間《しゅんかん》、

「何か、こっちのリレーのほうが友くんっぽいかも」

シュルルーッとすべり下りるぼくの背中に、啓太の声がかぶさった。

着地したぼくは、啓太を見上げる。

「ホント⁉」

「入院してたときさ、友くん、ぼくに絵本を読んでくれたでしょ？　まだあんまり字が読めなかったから、絵に合わせて自分で物語を考えてさ」

「そんなこと……よく覚えてるね」

「友くんの物語は、絵本の最後のページにきても終わらなかった。それからね、って続きを考えてくれたよね」

そういえば。

桃太郎《ももたろう》もシンデレラも、啓太は「それからどうしたの」って聞いた。そのたびに、いろんな物語の登場人物をごちゃまぜにした続きを作り上げたっけ。鬼ケ島《おにがしま》帰りの桃太郎が浦島太郎《うらしまたろう》と出会って玉手箱《たまてばこ》をもらっちゃったり、シンデレラがガラスの靴屋《くつや》をオープンして大人気になったり……。

「あのさ、友くん、だれにも言わないでよ」

「何を？」

ちょっと待って、と啓太もすべり台をすべった。ぼくのそばに着地すると、片手にノートを持ったまま、ぽつりと言った。

「ぼく、看護師《かんごし》になりたい」

「看護師って、女の人じゃなくてもなれるの⁉」

「そうだよ、友くん入院してたのに、そんなことも知らないの？」

啓太はあきれた顔でうなずいた。

「パ、お父さんに去年そう言ってみたけど、笑われた。男なら医者を目指せよって」

ぼくはちょっと想像してみる。うちのお父さんでも、きっとそう言うだろうな。ていうか、啓太って去年まで、パパって呼んでなかったっけ。

「だから、お母さんにも周りの友達にも言えない。だって、女の仕事だって言われるから。でも……友くんがリレーの選手になったら、ぼくも看護師になれるって、勝手に願かけしてた」

「そうなの⁉」

そんなこと想像もしていなかった。

ぼくがリレーの選手になることと、啓太が看護師になること。一見、全然結びついてない。

でも……むちゃそうなことを実現《じつげん》するって意味では、共通してるのかも。

「啓太はさ、なんで看護師になりたいの？」

「……ピカチュウ」

「はい？」

すっとんきょうな返事をする啓太に、思わず聞き返す。どこからポケモンが出てきたんだ？

「点滴《てんてき》するとき、腕に刺《さ》す針《はり》を留《と》めるテープに、よく看護師さんがキャラクターの絵を描《か》いてくれたじゃん。アンパンマンとかドラえもんとかさ」

「そうだったっけ？」

「ぼくが初めて入院したときに描いてくれたの、ピカチュウだった。それがお気に入りで、点滴はずしたくなくて泣いたこと、今も覚えてる」

「何だよ、それ」

点滴をはずしたくないなんて、ヘンなわがままだな。想像すると、何だか笑える。

ぼくも記憶《きおく》の箱をひっくり返してみる。小児病棟《しょうにびょうとう》の壁《かべ》は、色々な動物の折り紙で飾《かざ》られていたような気はするけど、点滴の針を留めるテープの絵なんて、さっぱり忘れてしまっている。

でも、看護師さんといえば。ぼくも覚えてることがある。

一年生のとき、夜中に病院へ近づいてくる救急車の音がこわくて、ナースコールを鳴らした。お母さんには「看護師さんは忙《いそが》しいから、用がないのに呼んだらダメ」って言われてたのに。でも、駆《か》けつけた看護師さんは怒《おこ》らなかったし、翌日お母さんに言いつけもしなかった。

「あんな看護師さんになりたいって、ずっと思ってた」

啓太のサラサラした栗色《くりいろ》の髪《かみ》を風がゆらした。

ちょっとわがままで泣き虫で王子みたいな啓太は、そんなことを思ってたのか。

「ねえ、友くん。お医者さんだけが治してくれるわけじゃないよね」

あっ。

その言葉は、ぼくの好きなあのフレーズに似ている気がした。咲絵さんが作った、あのポスター。

《走るだけがリレーじゃない！》

「啓太！」

その瞬間、ぼくは決めていた。

「この童話リレーを完成させるから、願をかけたままにしておいてよ」

啓太も、ぼくと一緒かもしれない。周りのみんなとちがったって、自分の好きなものを好きでいたいし、なりたいものになりたい。

啓太のために、自分のために。ぼくは、この童話をゴールさせるんだ。

ぽつっと雨粒が落ちてくる。

「やばっ、降ってきた」

「啓太、もどろ」

そう言うと、啓太はニンジン色のノートをぼくに差し出した。

お母さんに持たされたレインコートを着る代わりに、それでノートをぐるぐる巻《ま》く。これがぬれちゃいけない。

あっという間に雨脚《あまあし》は強まってくる。

「啓太、ファミレスまでダッシュするよ！」

気づけば、ぼくは走り出していた。それはファミレスへっていうより、もっとちがうゴールに向けて。

走りながら、カレンダーを思い浮《う》かべる。運動会までは、あと一週間だ。

運動会では、五年生全員参加の百メートル走がある。本番まで、その練習をしたほうがいいかもしれないけど……。

でも、ぼくには、それより大事なゴールがある。

運動会前日の晩、ぼくは『森のウサギの徒競走』を書き上げた。

3

今日、運動会が終わった。

「ほら、よく撮《と》れてるだろ。順位なんか関係ないぞ。友真、よくがんばった」

お風呂《ふろ》上がり、食卓《しょくたく》についたお父さんは、ぼくの走っている動画を繰り返し再生している。

五年生が全員参加の百メートル走。ぼくの順位は今年も六位。つまり、ビリだ。

運動会の動画を見せられても、ぼくはというと上の空。

週が明けたら、みんなに童話リレーがゴールしたって報告《ほうこく》しなくちゃ。今はそっちで頭がいっぱいだ。

「というわけで、運動会も無事に終わったし、編入試験を受けるってことでいいか？　友真」

「へ？」

「気持ちは固まった？」

お母さんも食事の手を止めて、ぼくを見る。

「あっ……」

そういえば、そうだった！

啓太と会ってから童話リレーのことばかり考えていたけど、ぼくには転校モンダイがあるんだった。

「ぼくは……」

すうっと息を吸う。

「正直、転校したいかどうかは、まだわかんない。でも」

「でも？」

「ぼく、好きなものがある」

啓太はぼくに、看護師さんになりたいって打ち明けてくれたんだ。ぼくだって、好きなものに正直になりたい。

両親が「え、好きなものって何々？」と瞳《ひとみ》をチカチカ輝かせる。

はずかしくなんかないぞ、胸を張るんだ。

大きく息を吸った。

「童話が好き。読むのも、書くのも」

「ドーワ？」

ピンときてないお父さんがおうむ返しした。

引き返さないぞ。ぼくは、両足のつま先をこぶしのようにギュッと丸めた。

「昔入院してたとき、お母さんとか、おじいちゃんおばあちゃんが、よく読み聞かせてくれたでしょ？」

「ああ。童話って、ウサギとかクマとかの、何かメルヘンっぽいやつか」

お父さんの瞳から、輝きが消えた。イルミネーションのライトアップが終わったように。

ちくっと胸が痛む。サッカーとか野球とか勉強とか言ったなら、こんな顔されなかったかな。

だけど、これがホントのぼくなんだ。

「お父さんに、友真は勉強が好きとか、将来はノーベル賞とかって言われて、ずっとモヤモヤしてた」

あのとき、自分の好きなことを言えなかった。

男らしくない。子どもじみてる。期待《きたい》とちがう。そう思われるのが、こわかったから。

そう、啓太の夢を知るまでは。

「お父さんたちの言う通りに転校してもいい。でも、ノーベル賞とかじゃなくてっ」

これだけは、ゆずりたくない。

啓太が看護師さんになりたいと聞いてから、ぼくにも見えてきた夢。

ぼくはっ、と立ち上がった。

「童話作家になりたいぃぃい！」


運動会の代休《だいきゅう》が明けた火曜日。

中休み、ぼくはニンジン色のノートを持って、六年生の咲絵さんの教室に向かった。童話リレーがゴールしたことを最初に伝えるのは、やっぱり咲絵さんだと思ったから。

六年生の教室が並ぶ廊下を歩くのは、二回目だ。最初は童話リレーをすることを、咲絵さんに伝えに行ったとき。

あのときは、こんなストーリーの『森のウサギの徒競走』が完成するなんて、思わなかったな。

「チヅ！　やっぱおまえ、すげえな」

廊下では千弦《ちづる》くんが男子たちに囲まれていた。

「二年連続逆転優勝とか！　最強アンカーだな」

「まあ、大したことないよ。『勝ってかぶとの緒《お》をナントカ』ってやつだし」

運動会は、一年から六年までのクラスの縦割《たてわ》りチームで行われた。ぼくたち三組チームの優勝を導《みちび》いたのは、千弦くんだ。

みんなからほめられても、クールな対応でカッコいい。

この人からバトンを受け取って童話リレーをしたことが、自分でも信じられない。

だけど、まちがいなく千弦くんの物語があったから、あの結末にたどり着いたんだ。

六年三組の教室をのぞくと、咲絵さんはすぐに見つかった。自分の席で、道具箱から教科書やプリントを取り出している。

ドボンとプールに飛びこむように、ぼくは勇気を出して教室に入った。

「友真くん！　何でここに」

咲絵さんは目をパチパチしてから、「もしかして！」と笑顔になった。ぼくはうなずき、ノートを差し出した。

「リレー、ゴールしました」

「わー、やった！　じゃあさ、みんなですぐ読もうよ。えーっと昇降口《しょうこうぐち》じゃ読みづらいから、今日の昼休み、図書館に集合できる？」

「うん、大丈夫です」

「じゃあ、千弦くんと理瑠《りる》ちゃんにも声かけてこよ」

咲絵さんが、ささっと机を片づけて立ち上がろうとしたとき、ぼくはふと、机の上のプリントに目が留まった。

「中学、部活動見学会……？」

「ああ、これ？　さっき、朝の会で配られたの。見る？」

咲絵さんがプリントをつまみ上げる。

「六年生になるとね、夏休み前に創スポ中学の部活動見学会があるの。希望する部活動を体験できたりするんだよ」

「そんなのがあるんだ……。咲絵さんは何の部活を見るんですか？」

「わたしは、参加しない」

咲絵さんは、妙にすっきりした笑顔で首を横にふった。

「わたし、創スポ小を卒業したら、公立の中学校に行くつもり。創スポの中学校には進学しない。だから、部活動見学会も参加しないんだ」

「そうなのっ？」

「親と話して、自分で決めたんだ。わたしは体育をがんばるより、のほほんと過ごしたいから」

咲絵さんは……ぼくとちょっと似てるかもしれない。

急に、ぼくの話も聞いてもらいたくなった。編入試験を受ける予定になってることや、わからず屋のお父さんのこと。

三日前、「童話作家になりたい」と叫《さけ》んだときのお父さんの反応は、ビミョーだった。引きつった笑顔で「おう、そうかそうか。まあいいよ、それでも今は」と、ビールをぐいっと飲んでいた。「今は」という言葉を付け加えたのをぼくは聞き逃《のが》さなかった。

「友真くんも一緒に、二人に声かけに行こっ」

ぽんっと肩をたたかれ、ぼくはわれに返る。咲絵さんと一緒に教室を出た。


昼休み、ぼくたちは学校図書館に集合した。

「最初から読もう」

窓側の丸いテーブルで、咲絵さん、千弦くん、山岡《やまおか》さんが、身を寄せ合うようにして、三人でノートをのぞき込んでいる。

「二人とも、次のページめくっていい？」

「待って、おれあとちょっと」

「ねえ、あたしこの漢字読めなーい」

だんだんとぼくの書いたラストに近づくにつれ、心臓がバックバックとはねる。期待と不安。不安のほうがちょっと大きい。

四人で書いた童話のアンカー。やっぱり責任《せきにん》重大だ。

みんなは、この童話のゴールをどう思うだろう？

体育の授業よりも長く感じた数分後。

「何か、いいね。わたしたちみんな、そのまんま登場って感じだけど」

咲絵さんがはにかんで言う。

「やっぱり、友真くんがアンカーでよかったよな」

「まあ、こういうハッピーエンドもありかもね。リルラビのセリフがちょっと少ないけど」

ニヤッと笑う千弦くんに、ちょっとふくれっ面の山岡さん。

「友真くん、おもしろい物語になったね」

咲絵さんの言葉に、ゴールテープを切った実感がジワッとこみ上げる。

仲が良かったわけでもない。何かつながりがあるわけでもない。そんな四人で、一つの物語を作れたんだ。

「童話リレー、ゴール！」

いつかのように、咲絵さんが右手の人さし指から小指までをピンとのばし、その手を高くつき上げた。

「そうだ！　おれ、考えたんだけど」

千弦くんが、持ってきたクリアファイルの中身を探し始めた。

「なになに？　チヅくん」

山岡さんが瞳を輝かせる。

「おれたちのペンネーム。本って作者名が書いてあるだろ？　おれたちもペンネームを決めたらどうかなって」

「それいい！」

ぼくたち三人の声がそろった。

「だろ？　まあ、リレーだから、ペンネームっていうよりチーム名かな」

そう言いながら千弦くんが出した紙には、サインペンの大きな文字で、

キャロットバトン

「ニンジン色のノートを渡《わた》して童話リレーをしたから、キャロットバトン」

キャロットバトン。ぼくは心のなかで唱えてみる。

すると。

何だか、表紙のニンジン色が、啓太と病室で出会ったときのキャロットゼリーと重なった。初めての入院で泣いていた啓太に、ぼくが差し出したキャロットゼリー。丸くてプル

ンとしたあのゼリーは、こんなふうな濃《こ》いだいだい色だった。

「さっすが、チヅくん！」

「ほんと。言葉のセンスいいね。……ねえ、友真くんはどう思う？」

黙ったままのぼくに、咲絵さんが気づかうように聞く。

「あ、えっと、キャロットって聞いて、病院のキャロットゼリーを思い出してました」

「病院？」

「うん。ぼく幼稚園のころ、しょっちゅう入院してて。そのとき、デザートにキャロットゼリーが出たんだ」

「病院のゼリーっておいしいの？　何か甘くなさそうだけど」

眉を寄せる山岡さんに、

「おいしいよ」

ぼくはそう言い切った。正直、味はあんまり覚えてない。山岡さんの言うとおり、ちっとも甘くなかったのかもしれない。

でも、ぜったいにぼくはあのゼリーをおいしく感じたはずだ。

だって、啓太と一緒だったから。

「でも何で、急にそんなこと思い出したんだ？」

「えっと、それは」

こんなこと言ってもいいかな。

みんなでゴールさせた童話リレー。このノートについて、ぼく一人で決めちゃいけないとも思うけど……。

「入院してたころの幼《おさな》なじみに、このノートをあげたいんだ」

みんながぽかんとした。そりゃそうだ。トウトツすぎる。

「幼なじみ……啓太っていうんだけど、かなえたい夢があるけど、親に賛成《さんせい》してもらえないし、周りの友達にも言えなくて……。その啓太が、願かけしてるんだ。ぼくがこの童話リレーをゴールすれば、自分の夢もきっとかなうって」

だから、とぼくはテーブルにおでこをくっつけた。

「このノート、ぼくにください！」

少しの間《ま》があって、ぼくの頭がポン、ポンと優しくたたかれた。

え？

顔を上げると、手のひらの主は千弦くんだった。

「なるほどな。その啓太って子が、ウサギの王子だったってことか。いいじゃん、そうしなよ」

「ホントッ？」

「あたしも別にいいよ。てか、もともと友真くんのノートだし？」

「その子の役に立てたら、わたしもうれしいな」

三人の言葉を聞きながら、ありがとうの気持ちがシャボン玉みたいにぷくーっとふくらんでいく。

チータ－ラビット、リルラビ、うさえ。このメンバーで本当によかった。

「よし！　じゃあ、チャイムが鳴る前に、表紙にタイトルとチーム名を書こう。一番字がきれいな人！」

千弦くんが言うと、みんなの視線が一人に集まった。


『森のウサギの徒競走』　チーム・キャロットバトン

咲絵さんがキュッキュとサインペンを鳴らして、最後の「ン」まで書き終える。

「はい！　ウサギの王子によろしく」

咲絵さんから渡されたノートを、ぼくが両手でぐっとつかんだとき、

「何か盛り上がってるけど、もうチャイム鳴るよー」

本棚の整理をしていた浜島さんが、ぼくたちに声をかけた。

壁の時計を見ると、五時間目のチャイムまであと三分だった。

「やば。みんな教室にもどろうぜ」

あわてて立ち上がると、千弦くんのファイルから、はらっとプリントが落ちた。千弦くんは気づいてない。

それを拾《ひろ》い上げたぼくは「あ」とつぶやく。

中休みに咲絵さんが持っていた、中学の部活動見学会のプリントだった。

「お、サンキュ」

ぼくからプリントを受け取った千弦くんに、咲絵さんがたずねる。

「千弦くんは陸上部に参加するの？」

「もちろん。それ以外は興味なし」

「何なにそれ？」

プリントをのぞき込む山岡さんに、咲絵さんが説明する。

「へー、どんな部活あるか見せて。咲絵ちゃんは、何の部活見に行くの？」

「わたしは参加しないよ。中学は、家の近くの公立に通うから」

「そうなの⁉　え、ウソ、さみしいよお」

山岡さんが、咲絵さんの制服の裾《すそ》を引っ張る。

「あの、ぼく……」

ぼくも言わなきゃ。九月から、この学校にはもういないこと。このメンバーには話しておきたい。

一緒に童話をつくった仲間だ。何も言わないまま、気づいたら転校してたなんて、そんなのさびしすぎる。

「実は一学期で」

言いかけた、そのときだった。

プリントのある文字が目に留まった。

「えっ？」

思わず声が飛び出した。まるで、そこだけ発光しているみたいだ。

《文芸部》

ウソでしょっ？

そこには、短い紹介文《しょうかい》がそえられていた。

《スポーツをテーマにした小説や童話、俳句、短歌をつくっています。校内スポーツ新聞も発行中！》

童、話！

「創スポの中学校って、文芸部があるの⁉」

思わずぼくは叫んでいた。山岡さんが「ひっ」と耳をふさいだけど、それどころじゃなかった。

「ホントだ。他はほとんど運動部なのに。何か、アマゾンに生息する三毛猫《みけねこ》って感じだな」

千弦くんがよくわからない例えをする。ぼくにとっては……砂漠《さばく》のオアシスって感じだ。

「興味あるなら、友真くんも来年見学できるぞ」

「来年かあ……」

それじゃ遅すぎる。一瞬だけ見えたオアシスが、消えていく。

「九月の文化祭があるよ」

その声は、ぼくたちのやり取りを聞いていた浜島さんだった。

「文芸部は教室で作品を展示したりしてるみたいだよ。そこに行けば、部員の子たちにも話を聞けるんじゃないかな」

九月……。

予定なら、ぼくはもう創スポにはいない。他の私立小学校か、そうじゃなければ近くの公立小学校に通っているだろう。

でも、見てみたい。話を聞いてみたい。

文章を書くことで、スポーツにかかわっている人たち。そういう人たちが創スポの中学にいるなんて。

そんなこと、今まで想像したこともなかった。

もし、この部活に入ったら、今回の童話リレーみたいに、仲間と一緒に作品をつくれるかもしれない。体育の授業が苦手なぼくも、好きなものとスポーツを結びつけて、中学生活を過ごせるかもしれない。

居場所が、見つかるかもしれない。

「そういえば、さっき友真くん、何か言いかけてなかった？　一学期でナントカって」

咲絵さんの言葉に、ぼくは首を横に振る。

「ううん、これから決める」

「友真くん、何かにやけててキモいよ？」

山岡さんが引いても気にならないほど、ぼくの心は飛行機みたいに空高くまで飛び上がっていた。

4

帰りの会が終わると、猛《もう》ダッシュで駅まで走った。

一回乗り換えて、黄色の電車に乗る。各駅停車がもどかしくて、窓の外の景色が最寄《もよ》り駅に近づくのを足ぶみしながら待つ。

急がなくても、気持ちがピザみたいに冷めてしまうわけじゃない。

だけど。自動改札機の小さなドアが開くと、ぼくはまた走り始めた。

早く親に言わなきゃ！

商店街を走っていると、だんだん息が上がってきた。曇《くも》り空の今日は蒸《む》し暑くて、背中にシャツがはりつくけど、立ち止まりたくない。

そのときだ。

エコバッグをさげた、見慣れた後ろ姿が見えた。

お母さんじゃん！

今日がお母さんのパートの日だったことを思い出した。お母さんはホームセンターの仕事の後、いつもスーパーで買いものをして帰る。

「あのさ！」

外で「お母さん」と呼びかけるのは何だかはずかしくて、ぼくはすぐ後ろから声をかけた。

「わっ、友真。ビックリした。何、汗《あせ》かいてるけど走ってきたの？」

「ねえ今日お父さん、早く帰ってくるかな。話したいことあるんだけど」

「うーん、今日はどうかなあ。火曜日はいつも遅いからね。何、どうしたの急に」

ぼくは、電車のなかで何度も練習した言葉を口にする。

「創スポの中学に、文芸部があるんだ！　九月に文化祭があって……ぼく文芸部を見てみたい。どんな人がいて、どんな活動してるのかなって。転校するか決めるのは、それからじゃダメ？」

「へえ、体育大学の付属なのに、文芸部なんてあるの」

お母さんがおどろいた声で言った。

「ちゃんと見てくるから、だから」

ぼくはランドセルの肩ベルトをギュッと握った。

「文化祭まで、待ってほしい。それまでは転校したくない。創スポ小にいたいんだ」

童話作家という目的地に、どこを通ったらたどりつくのかわからない。

わからないけど、通る道は自分で見て、自分で決めたい。その道をふみしめてみたいんだ。

「わかった。お父さんにそう言ってみよう？」

お母さんはそううなずくと、

「私はね、本当はどっちでもいいの」

あっけらかんと笑った。

「どっちでもいいって言うと投げやりに聞こえるかな。まあ、もちろんお金の心配とかもあるけど、でも友真が楽しく学校に通ってくれれば、それでいいの。ちっちゃいころの友真は病気ばっかりして、この子はこの先、元気に生きていけるのかなって、私は毎日心配だった。他の子は外で遊んでるのに、入院ばっかりでかわいそうって」

「別に……かわいそうなんかじゃない」

小さいころの話をされるのは何だかむずがゆくて、ぼくはぶっきらぼうに答えた。

「だから健康になってくれただけで、もう満足。友真の納得《なっとく》いくほうを選んだら？」

その言葉を聞いたとき、背負っていたランドセルが、ふわっと軽くなったような気がした。

ねえ、とお母さんが声のトーンを上げる。

「どんな童話書いてるの？　私にも読ませてよ」

「えっ!?　いや、それはちょっと……」

親に読まれるのは、かなりはずかしい。低学年のころならうれしかったかもしれないけど、今は無理だ。

「そんな困った顔しないでよ。ちょっと言ってみただけよ」

ちょっとだけ「お母さん、ごめん」と思いながら、ぼくはランドセルのなかのニンジン色のノートを意識する。

お母さんより先に、この童話を王子に届けなきゃ。ぼくはおにぎりを握るように、心のなかの決意をギュッと固めた。

「お母さん、啓太の家ってどこにあるか教えて。一人で会いに行きたい」

その週末の土曜日。啓太との約束の日がきた。

お母さんが啓太ママに連絡《れんらく》をして、ぼくは今日、啓太に会いに行けることになった。

啓太の家までは、黄色い電車で三駅。通学以外では、一人で電車に乗ることはめったにない。そわそわした気持ちでスニーカーをはく。

よし、出発！　玄関《げんかん》のドアを開けようとしたとき、

「おい、友真。本当に転校しないのか？」

ふり返ると、パジャマ姿のお父さんがいた。髪はボサボサ。起きたばかりでまぶたが重たそうだ。

お父さんは今週、残業や飲み会でずっと帰りが遅くて、ぼくと話す時間がほとんどなかった。

「お母さんから聞いたぞ。創スポ中の文芸部がナントカって。おまえ、いいのかそれで。

文芸部のある中学なんて、他にもいっぱいあるだろ。なら、やっぱりさっさと転校したほうが」

「それでもいい」

ぼくは、お父さんの言葉をさえぎった。

「ぼくは、創スポ中の文芸部が見てみたい。見ないまま転校するのと、見てから転校するのじゃ、全然ちがうから」

結局、同じ結果になるかもしれない。

創スポ中の文芸部を見て、やっぱり他の中学に行きたいって思うかもしれない。

それでも、きっと後悔《こうかい》なんてしない。だって、自分で決めたから。

「何だかよくわかんないけど、難《むずか》しい理屈《りくつ》を言うようになったもんだなあ。こりゃ、弁護《べんご》士《し》のほうが向いてるかもしれないな」

お父さんはあくびまじりに、眠《ねむ》たげな目をこする。相変わらず、言うことがコロコロ変わるしズレてるな。

だけど、ぼくはブレない。

「行ってきます！」

今から啓太に届けに行く。ぼくたちキャロットバトンが、リレーした物語。

ノートが入ったリュックを背負ったぼくは、外にぴょんとふみ出した。

＊

「ねえ、ピョンマ。きみの好きなこともおしえてよ」

「ぼく、ほんとは……童話を書くのが、好きなんだ！」

ピョンマは、勇気を出して言いました。みんなに笑われるかもしれない、と思いながら。

「実は、しゅみで書いてるんだ。ヘンだよね、ウサギが童話を書くなんて……」

そのときです。

「おい、聞いたか？　王子の夢の話」

「夢の話？　なんだい、それ」

声の方をふり向くと、ウサギの城の家来《けらい》たちが、散歩をしているところでした。

「どうやら、王子は、王様のあとをつがないらしいぞ」

「ええ!?」

「お城の外で仕事をするのが、夢なんだと」

「お城の外って?」

「ウサギ病院さ。そこで、病気の子ウサギたちの、かん病をしてあげたいそうだ」

「なんだって? 王様にならないなんて、もったいない! ウサギのなかで、一番えらくなれるのに」

家来たちはそう言いながら、ピョンマたちのそばを通りすぎていきました。

話を聞いていたピョンマは、「あっ」と思いつきました。

「そうだ! ぼく、王子のために童話を書くよ!」

「王子に童話を?」

うさえ、リルラビ、チーターラビットは首をかしげます。

「うん! ぼくは……徒競走で、一番にニンジンをとどけることは、できないと思うんだ。だから、その代わりに童話を書いて、王子にプレゼントするんだ。主人公は……足のおそいウサギはどうかな」

ピョンマは思います。

ウサギだって、みんなが足がはやいわけじゃない。

だから、王子も、ぜったい王様にならなきゃいけない、なんてことは、きっとないんじゃないかな。

すると。

「へえ、おもしろそう！　童話、わたしも書いてみたいなあ。ねえ、みんなで書いてみない？」

「えっ」

うさえの言葉に、ピョンマはおどろきました。

みんなで童話を書く、だって？

童話はひとりで書くもの。それが当たり前だと思っていました。

でも仲間がいたら……。

もっと楽しくなる。そんな予感がしました。

「足のおそいウサギだけじゃなくて、走るのが好きなウサギも、登場させようよ」

「じゃあ、あたしは、おしゃれなウサギを書く」

チーターラビットとリルラビも、言いました。

「わあ、やったー！」

王子のために、童話が書ける。そう思うと、ピョンマはワクワクした気持ちでいっぱいになります。

ぼくたち四にんだから書ける物語が、きっとある。

「ぼくたちの、とびきりの童話を書いて、王子にとどけにいこう！」

これが、このおはなしのハッピーエンド。

めでたしめでたし！

初出　毎日小学生新聞（二〇二二年四月一日～七月六日）

こまつあやこ

東京都出身。学校や公共図書館の司書として勤務。二〇一七年『リマ・トゥジュ・リマ・トゥジュ・トゥジュ』で講談社児童文学新人賞、二〇二一年『ハジメテヒラク』で日本児童文学者協会新人賞を受賞。その他の著書に『ポーチとノート』『ノレノレかるた』『雨にシュクラン』『12音のブックトーク』『ハロハロ』などがある。

装画・扉絵　kigimura
装丁　坂川朱音

キャロットバトン

印 刷 2025年2月15日

発 行 2025年2月28日

著 者 こまつあやこ

発行人 山本修司

発行所 毎日新聞出版
〒102-0074 東京都千代田区九段南1-6-17
千代田会館5階
営業本部 03(6265)6941
図書編集部 03(6265)6745

印刷・製本 三松堂

ISBN 978-4-620-10876-6